독고진 장편 소설

FUSION FANTASTIC STORY

# 100마일
## 100MILE

# 100마일 1

독고진 장편 소설

초판 1쇄 찍은 날 § 2015년 3월 6일
초판 1쇄 펴낸 날 § 2015년 3월 13일

지은이 § 독고진
펴낸이 § 서경석

편집부장 § 권태완
편집책임 § 한준만

펴낸곳 § 도서출판 청어람
등록번호 § 제387-1999-000006호
등록일자 § 1999. 5. 31
어람번호 § 제1-2070호

주소 § 경기도 부천시 원미구 부일로 483번길 40 서경B/D 3F (우) 420-822
전화 § 032-656-4452  팩스 § 032-656-4453
http://www.chungeoram.com
E-mail § chungeorambook@daum.net

ISBN 979-11-04-90146-1 04810
ISBN 979-11-04-90145-4 (세트)

독고진 장편 소설

FUSION FANTASTIC STORY

# 100마일
## 100MILE

# 100마일
## 100MILE

## CONTENTS

Chapter 1

내 어린 시절의 기억은 오직 하나다.

야구.

그 하나의 기억밖에 머릿속에 남아 있질 않는다.

기억나지는 않지만, 내 첫 장난감은 단단한 경식 야구공이었고, 두 번째 장난감은 글러브였으며, 세 번째 장난감은 나무 배트였다.

고작 돌이 지난 아이에게 경식 야구공은 돌덩이, 쇳덩이나 다름없을 정도로 위험천만한 장난감이었고, 글러브는 아무짝에도 쓸모없는 쓰레기였으며, 나무 배트는 온 집안 살림을 다 부술 수 있는 아주 훌륭한 흉기일 뿐이었다.

남들처럼 유행하는 로봇 장난감이나 인형, 자동차 등은 단 하나도 없었다.

야구공, 글러브, 배트, 야구 모자, 야구 잠바, 야구 유니폼, 선수 피규어 등등 오로지 야구와 관련된 것들로 내 방을 채우고 있었다.

집에서 하는 놀이라고는 아버지와 함께 프로 야구나 메이저리그 중계를 보면서 야구공을 던지고 노는 것이었고, 밖에서 하는 놀이라고는 조금 더 먼 거리에서 야구공을 던지고 노는 것이 전부였다.

아버지는 야구광이다.

야구와는 인연도 없이 25년을 살다가 우연찮게 대학 동아리에서 야구를 시작했고, 그때부터 야구의 매력에 흠뻑 빠져서 사회인 야구를 즐기는 평범한 대한민국 남자였다.

남들보다 작은 체격에 딱히 운동신경이 뛰어나지도 않은 아버지였지만, 야구 센스만큼은 제법 괜찮았는지 사회인 야구팀에서도 투수와 유격수를 오가는 팀 내 핵심 멤버로 항상 콧대가 높은 편이었다.

물론 순수 아마추어들로 구성된 3부 팀이었고, 팀 성적도 중하위권이었기에 가능한 일이었다. 우승 후보인 3부 상위 팀이나 2부의 팀이었다면 주전으로 유격수나 1선발로 투수

포지션을 꿰차지는 못했을 것이다.

　어쨌든 아버지는 그렇게 사회인 야구에 푹 빠져 어머니
와 연애를 할 때에도 토요일, 일요일만큼은 야구를 해야 한
다며 데이트조차 하질 않으셨다.

　만약 아버지의 직업이 요일에 구애받지 않은 프리랜서가
아니었다면 어머니는 절대 결혼을 하지 않았을 테고, 나 역
시 태어나는 일이 없었을 거다.

　그렇게 아버지는 주말마다 야구만을 기다리며 주중에는
비싼 레슨비를 지불하면서까지 야구를 배우는 열정으로 이
십 대를 보냈고, 서른한 살에 5년간 연애를 한 어머니와 결
혼을 해 가정을 꾸렸다.

　당연한 소리지만 결혼 후에도 아버지는 주말마다 야구를
했고, 종종 레슨도 받아가며 어떻게든 팀 내 핵심 멤버로서
의 자리를 지키기 위해 열과 성을 다하셨다.

　노력의 대가인지 사회인 야구 선수로서는 성적도 썩 괜
찮았던 것 같다.

　팀이 패배를 해도 아버지는 오늘 자기가 어떤 활약을 했
는지를 즐겁게 이야기하며 주말마다 어머니와 함께 맥주
한 잔 즐기는 걸 낙으로 사셨다.

　아버지는 항상 어머니에게 아들이 태어나면 야구를 시킬
거라고 귀에 못이 박히도록 이야기를 했고, 아들인 내가 태

어나자 정말 야구를 시키겠다는 일념으로 날 야구와 한 덩어리로 취급하셨다.


"야구 선수는 손아귀 힘하고 손목 힘이 좋아야 해!"

항상 매달렸다.

돌이 되기 훨씬 이전부터 아버지는 날 자신의 엄지손가락에 매달리게 했으며, 2살 때부터는 집에 설치되어 있는 철봉에 매달리는 놀이를 빙자한 훈련을 해왔다.

"야구 선수는 유연해야 해!"

아침에 일어나면 스트레칭부터 시작했고, 잠을 자기 전에도 스트레칭으로 하루를 마무리했다.

"야구 선수는 하체가 튼튼해야 해!"

달리기부터 시작해서 앉았다 일어나는 훈련, 전문 용어로 스쿼트는 모든 운동의 기본이라며 스트레칭 다음으로 많이 했는데 덕분에 초등학교 때부터 남다른 허벅지와 엉덩이, 종아리 근육으로 인해 어딜 가나 주목을 받아야만 했다.

"팔굽혀펴기는 야구 선수에게 기본이다!"

스쿼트만큼이나 많이 했던 팔굽혀펴기.

"허리는 하체 다음으로 중요한 곳이다!"

허리 근육을 유연하게 하는 운동과 강화하는 운동 역시

매주 했다.

"야구 선수한테 어깨는 생명이야!"

스트레칭 중 어깨 스트레칭이 절반을 차지할 정도로 어깨에 집중적으로 시간을 투자했다.

"손가락 감각을 잊지 않으려면 야구공을 항상 들고 다녀!"

친구들은 손에 장난감을 들고 다닐 때부터 나는 야구공을 놓질 않았다.

"바른 자세로 잠을 자! 한쪽으로 기울어서 잠을 자면 어깨가 눌리잖아!"

어렸을 때부터 양쪽에 두꺼운 베개를 놓고 자야만 했기에 남들처럼 편하게 옆으로 누워서 자본 적이 없었다.

아버지는 자신이 레슨을 받는 야구 선수 출신의 코치들에게 이것저것 배워서 날 가르쳤고, 때론 인터넷 검색으로 야구 선수에게 좋다는 운동법은 모조리 나에게 주입시켰다.

솔직히 고된 훈련이었지만, 훈련을 하고 나면 항상 아버지가 흐뭇하게 웃으며 날 힘껏 안아주셨고 맛있는 것들을 사주셨기에 어느 순간부터는 당연한 일상이 되었다.

무엇보다 다른 아이들 역시 이렇게 사는 거라고 생각했기에 딱히 불평불만을 하거나, 아버지의 훈련에 반항을 할 생각조차 갖지 못하고 있었다.

　나중에 초등학교에 입학하고 나서야 내가 비정상적으로 길러졌다는 걸 깨달았지만, 그때는 이미 모든 훈련과 습관들이 몸에 박혀 있었기 때문인지 그만둘 필요가 없었다.

　초등학교도 당연히 야구부가 있는 학교에 입학을 했고, 3학년이 되자 야구부에 입부했다.

　아직도 기억나는 일은 또래보다 머리 하나가 더 큰 내가 야구부에 입부하고 처음으로 야구공을 던졌을 때, 턱이 빠져라 놀라던 감독과 코치들의 모습이다.

　"쟤, 쟤가 3학년이라고?"

　"호, 호영이보다 빠른 것 같은데요?"

　코치가 말한 호영이는 6학년 선배로 당시 야구부 주장이면서 1선발 투수였다.

　그렇게 입부한 야구부 생활은 생각보다 즐거웠다.

　훈련이랍시고 하는 운동들이 아버지와 둘이 할 때보다 강도가 약해서 설렁설렁해도 5학년 선배들 수준을 맞출 수 있었고, 무엇보다 아버지와 단둘이 하던 야구를 여럿이서 한다는 것이 이렇게까지 재밌는 것인지 처음으로 알게 되었다.

　하지만 야구부 생활은 그리 평탄하지 않았다.

3학년 주제에 5학년은 물론, 6학년까지 넘보는 야구 실력
은 확실히 눈엣가시 같은 존재였다.

　"박 감독! 이게 도대체 어떻게 된 일이야? 쟤 3학년이라
면서? 어떻게 3학년을 선발로 출전시킬 수 있어! 이번에는
우리 민식이가 선발 차례였잖아! 아무리 친선 게임이라고
하더라도 그렇지, 3학년 따위를 선발로 올린다는 게 말이
된다고 생각해?"

　5학년 민식 선배의 아버지는 한창 훈련 중이던 때에 운동
장으로 난입해서 그렇게 고래고래 소리를 내질렀다.

　"민식 아버님, 내일 경기는 새로 야구부가 만들어진 신생
야구부의 요청에 의해서 이루어지는 시합입니다. 상대 팀
에서도 이왕이면 4학년을 위주로 상대를 해달라고 했습니
다. 5학년인 민식이가 굳이 선발로 등판할 필요가 없는 경
기라서 제외를 시킨 것뿐입니다. 진정하시고……."

　"무슨 말 같지도 않은 소리야! 아무리 상대가 초짜라도
그렇지 어떻게 3학년 따위를 선발로 올릴 생각을 하는 거
야! 테스트? 정말 테스트를 할 생각이라면 중간이나 마지막
에 올려보면 되는 거잖아! 내가 병신으로 보여? 내가 가만
히 있을 줄 알아? 내가 지금까지 야구부에 쓴 돈이 얼만데
어디서 호구 취급이야! 학교장 만나서 담판을 지을 테니까
그렇게 알고 있어!"

"민식 아버님!"

씩씩거리며 교장실로 걸어가는 민식 선배의 아버지를 감독님이 득달같이 달려가 붙잡았다.

"우리 아빠가 가만히 있지 않을 거라고 그랬지?"

민식 선배가 으스대듯 말했다.

솔직히 실력도 없어 보였던 그가 야구부 내에서 어깨에 힘 좀 주고 다닐 수 있었던 이유는 야구부 내에서 가장 돈이 많은 가정 형편 때문이었다.

그렇지 않았다면 실력도 없고 5학년인 주제에 호영 선배 다음으로 마운드에 올라가는 일은 거의 없었을 거다.

어쨌든 그렇게 민식 선배가 결국 다음 날 경기에 선발 투수로 마운드에 올랐고, 초짜를 상대하면서도 점수를 펑펑 내주면서 완전히 개망신만 당하고 말았다.

뒤이어 감독님은 날 마운드에 올렸다.

"긴장할 것 없다. 그냥 편안하게 스트라이크만 던져. 알겠지?"

감독님의 말에 난 고개를 끄덕이고는 슬쩍 경기장 스탠드를 바라봤다.

아버지가 어머니와 함께 날 바라보며 손을 흔들고 있었다.

'투수에게 제일 안 좋은 게 뭐라고?'

'볼넷!'

'그래! 볼넷이야. 투수는 도망가는 사람이 아니라 타자를 잡는 사람이야. 그런데 볼넷은 도망가는 투수들만 하는 행동이야. 차라리 홈런을 맞더라도 가운데 스트라이크를 넣어! 그게 훌륭한 투수야.'

'네!'

'투수는 뭐하는 사람이라고?'

'타자를 잡는 사람!'

'그래! 내일 경기에 뛸 수 있을지 모르겠지만, 만약 경기에 뛰게 되면 아빠가 했던 말만 기억하고 공을 던져! 잘할 수 있지?'

'네!'


경기 전날 아버지와 했던 말을 떠올리며 공을 던졌고, 그 결과 꽤 많은 안타를 맞기는 했지만 볼넷은 하나도 주지 않았다.

무엇보다 5학년 민식 선배보다 훨씬 훌륭한 투구 내용으로 인해 감독과 코치는 물론 동기와 선배들까지도 날 칭찬해 주었다.

"요 녀석! 정말 배짱 한 번 좋구나!"

"그래, 투수는 그렇게 공을 던지는 거야!"

"우와~ 정말 대단하다! 어떻게 3학년이 그런 공을 던질 수 있는 거야?"

"정말 우리랑 같은 3학년 맞는 거야?"

"진짜 장난 아니네! 이러다가 내년에 호영 선배 졸업하면 1선발 자리 그대로 물려받겠는데?"

"3학년 주제에 벌써부터 1선발 예약이라니… 짱 부럽다!"

"이건 말도 안 돼! 얘는 정말 천재야! 야구 천재!"

내 생에 첫 경기에서 난 '천재' 소리를 들었고, 집에 도착하니 아버지는 정말 훌륭했다면서 날 있는 힘껏 끌어안아서 잠깐이나마 숨이 막혀 죽을 뻔했다.

그날 저녁은 내가 제일 좋아하는 소불고기를 배가 터지도록 먹고 행복한 꿈을 꾸며 잘 수 있었다.

아쉽게도 이후로는 경기에 뛰질 못했다.

감독과 코치들은 선배 부모님들의 눈치를 봐야만 했고, 그렇게 3학년 초등학교 생활은 아버지와는 할 수 없었던 단체 훈련과 야구 규칙 등을 익히는 것으로 만족해야만 했다.

4학년이 되면서 야구부가 왕창 바뀌는 일이 벌어졌다.

감독과 코치가 학부모들로부터 뒷돈을 받았다며 학교에서 해고를 당한 것이다.

새로 부임한 감독과 코치는 실력보다는 학년 위주로 선수를 선발했고, 덕분에 4학년에 불과한 난 호영 선배가 졸업하면서 남긴 1선발 자리를 꿰찰 생각을 저 멀리 날려 보내야만 했다.

6학년 선배들에게 1년은 정말 소중한 시간이었다.

초등학교 야구와 중학교 야구는 그 의미가 달랐기에 조금이라도 더 제대로 된 야구를 배우려면 소위 명문이라 불리는 학교에 입학을 해야 하는데, 그러기 위해선 대회에서 두각을 나타내야만 했다.

그러니 6학년 선배들은 1년 내내 경기를 뛰면서 어떻게든 자신을 어필하려고 했고, 5학년은 혹시라도 생길지 모르는 빈자리를 틈틈이 엿봤으며, 4학년은 그저 3학년을 잘 돌보거나 5학년, 6학년 선배들의 뒤치다꺼리를 해야만 했다.

그렇게 1년이 지나고 5학년이 되어 후보로 드문드문 경기에 출전했다.

그리고 놀랍게도 5학년 여름방학 때, 집으로 한 사람이 찾아왔다.

*      *      *

"안녕하십니까? 명성 중학 야구부 코치 서대호입니다."

놀랍게도 5학년인 날 눈여겨 본 중학교 야구부에서 스카웃 제의가 들어온 거였다.

"아드님은 상당한 재능을 갖고 있습니다. 초등학교 5학년이라고는 믿겨지지 않을 정도입니다. 제가 지금까지 봐온 그 어떤 아이들보다……."

코치는 꽤 긴 시간 동안 날 칭찬하며 아버지와 어머니를 흐뭇하게 만들었다.

옆에서 가만히 듣고 있던 나조차도 내가 우리나라에서 보기 드문 초천재가 아닌가 싶을 정도로 착각이 들었다.

"저희 명성 중학교로 아드님을 보내주신다면 제대로 한 번 키워보겠습니다. 아실지 모르겠지만, 저희 명성 중학교는 항상 전국대회 4강에 들어가는 실력을 갖고 있습니다. 그리고 일석 고등학교와도 끈끈하게 연을 맺고 있기에 실력만 받쳐 준다면 일석 고등학교로 진학하는 건 일도 아닙니다."

일석 고등학교는 고교 넘버원이라 불리는 고교 최강 야구부였다.

제법 유명한 프로 선수들도 많이 배출했고, 야구계 전반에 걸쳐서도 그 인맥이 상당해서 모든 중학교 선수들은 일석 고등학교에 진학하는 것을 최우선의 목표로 삼고 있었다.

오죽하면 대한민국에서 야구계 밥을 먹고 살려면 어떻게든 일석 고등학교를 졸업해야 한다는 말이 나올 정도였다.

아버지는 생각을 해보겠다고 했고, 코치는 좋은 결과가 있길 바라겠다며 인사를 하고 내겐 꼭 다시 보자며 악수를 하기까지 했다.

아버지는 명성 중학교 코치가 다녀간 이후부터 여기저기 바쁘게 누굴 만나거나 전화 통화를 하셨고 결국 그해 겨울날 명성 중학교로 보내기 위해 서울에서 전주까지 이사를 결정했다.

이제 본격적으로 6학년이 되어 야구부의 에이스로 활약하나 싶었던 나에게는 청천 하늘에 날벼락이었다.

어머니 또한 졸업과 동시에 이사를 하면 될 것을 왜 미리부터 서두르냐며 아버지에게 걱정스럽게 말을 해봤지만, 아버지는 어차피 명성 중학교로 입학하기로 결정됐으니 어깨를 소모할 필요 없다며 고집을 꺾지 않으셨다.

그렇게 6학년 때는 야구부가 없는 학교에서 학교생활을 하며 아버지와 야구를 했다.

종종 아버지가 한때 프로 생활을 했던 코치들을 데려와 2, 3일에서 길게는 일주일 정도까지 레슨을 받게 해주었는데, 확실히 비전문가인 아버지와는 확연하게 차이가 나는 트레이닝 방식에 상당히 많은 것들을 배울 수 있었다.

몇 명의 코치 중 나에게 특별히 잘 대해준 사람이 있었다.

상당히 오래된 일이지만, 한때 한국 프로 야구 4연패의 위업을 달성하며 왕조 시대를 열었던 대구 블루윙즈의 3선발 투수 최태식이었는데, 아쉽게도 내가 태어나기도 한참 전의 일이기에 난 그가 얼마나 대단했던 투수였는지 잘 몰랐다.

하지만 그가 해주었던 진심어린 조언들은 내 가슴과 머릿속에 깊이 남았다.


"무슨 일이 있어도 고등학교 1학년이 되기 전까지 변화구를 배우지 마라. 그리고 고등학교 1학년이 되면 그해에는 다른 변화구는 생각하지 말고 오로지 커브만 익혀라. 커브를 마스터하면 체인지업이나 변형 패스트볼을 익히고, 되도록 고교를 졸업하고 나면 다른 변화구를 던지도록 해라. 그리고 고등학교 1학년이 되었다 하더라도 평균 직구 구속이 130㎞ 이상 나오지 않는다면 절대 변화구를 던질 생각하지 말고 오로지 직구 구속을 늘리는 것에만 신경 쓰도록 해라. 투수의 어깨와 팔꿈치는 기간과 횟수가 정해져 있는 소모품이니 항상 그 점을 명심하고 투구를 하도록 해라."

"투수에게 있어 가장 기본이 되는 무기는 직구지만, 가장 강력한 무기 역시 직구다. 변화구를 익히면 그 변화하는 모습에 흠뻑 빠져들고 타자들이 속수무책으로 헛스윙을 할 것 같지만, 한 번 간파된 변화구는 타자들에게 있어 가장 훌륭한 먹잇감일 뿐이다. 많은 변화구를 익혀 온갖 잔재주를 다 부려도 결국은 묵직한 직구 하나만도 못하니 네가 정말 위대한 투수가 되고 싶다면 강력한 직구, 그것도 제대로 된 제구로 무장한 직구 하나면 넌 그 어떤 타자와의 승부에서도 쉽게 지지 않을 거다."

"투수는 머리를 많이 써야 한다. 머리가 좋으면 좋겠지만, 굳이 머리가 좋아야 할 필요는 없다. 다만 생각을 많이 해라. 타자의 성향과 습관 등을 항상 머릿속에 기억해 둬야 한다. 투수는 가슴으로 공을 던지는 게 아니라 머리로 공을 던지는 거다. 마운드 위에서 가슴은 뜨거울지라도 머리는 차가워야 하는 게 바로 투수다."

"투수는 외로운 리더다. 상황에 따라 홀로 게임을 이끌어 나가야만 하는 사명감을 갖고 있기에 스스로 위기를 극복해 나갈 줄 알아야 한다. 누구에게 의지해서도 안 되고, 누굴 의심해서도 안 된다."

"절대 물러서지 마라. 투수가 한 발 물러서면 타자는 두 발 다가서는 존재다. 그리고 어떤 일이 있어도 네가 던지는 공을 의심하지 말아야 한다. 자신감이 결여된 투수는 절대 마운드 위에 서 있을 수가 없다. 투수라는 보직은 애초부터 타자들에 비해 불리한 조건 속에서 싸운다. 일곱 번 잘 던져도 세 번 잘 못 던지면 패배했다 불리는 게 투수이기 때문이다. 그렇다고 억울해할 것 없다. 타자는 세 번의 기회를 갖고 있지만, 투수는 여섯 번의 기회를 갖고 있기 때문이다. 그러니 물러설 필요가 전혀 없다."

정말 많은 것들을 배웠다.

어찌 보면 초등부에서 에이스로 우뚝 서서 배울 수 있는 것보다 훨씬 더 많은 것들을 배운 셈이었다.

그렇게 1년이 지나고 명성 중학교에 입학했다.

"어서 와라. 중학생이 된 걸 축하한다. 더불어 우리 명성 중학교의 야구부원이 된 것 역시도 축하하며, 환영한다. 앞으로 잘 지내보도록 하자."

명성 중학교 야구부 코치 서대호는 반갑게 맞이해 주었다.

아버지가 알아본 바에 의하면 서대호 코치는 고교 때까지만 하더라도 모든 프로 구단의 기대를 한 몸에 받았던 유망주로 그 미래가 아주 밝았던 사람이라고 했다.

아쉽게도 고교 시절 혹사를 당해 수술을 받고, 재활에 실패를 하면서 프로 생활을 제대로 해보지도 못하고 선수 생활을 끝냈단다.

아픈 과거를 지닌 사람치고는 상당히 인간성이 밝았다.

더불어 한때나마 유망주 소리를 들었기 때문인지 실력 또한 결코 나쁘지 않았다.

오히려 부상과 재활이라는 모진 고통의 시간을 보냈었기 때문인지 몸 관리의 중요성과 부상 방지와 재활 치료에 대한 지식만큼은 내가 만나본 그 어떤 사람보다 잘 알고 있었다.

초등학교 시절에 배웠던 야구와 중학교에서 배우는 야구는 달랐다.

비싼 돈을 들여 프로 선수로까지 활약했던 사람들에게 배웠던 야구와는 또 다른 경험이었다.

무엇보다 다시 여러 사람들과 야구를 할 수 있다는 사실이 너무 행복하고 즐거웠다.

"너 투수라면서?"

같은 1학년 신입 부원 중 한 명이 친근하게 다가왔다.

또래에 비해 상당히 크다는 소리를 듣는 나만큼이나 키가 크고 체격도 좋았다.

자신을 장근호라고 소개한 녀석은 이미 나에 대한 소문이 자자하다고 말해주었다.

"선배님들이 그러는데 서 코치님이 5학년 때부터 널 스카웃하려고 집까지 찾아갔었다고 하더라? 너희 집 서울이라면서? 서울이면 동학 중학교랑 백석 중학교가 전국 투 톱이잖아? 거길 가지 왜 전주까지 내려온 거야? 서 코치님이 5학년인 널 집까지 찾아가서 스카웃할 정도면 동학중이랑 백석중에서도 분명 널 눈여겨보고 있었을 텐데. 아무리 우리 학교가 전국 4강 실력이라 하더라도 동학, 백석이랑은 비교가 안 되잖아."

근호의 말대로 동학 중학교와 백석 중학교는 누가 뭐라고 하더라도 전국 투 톱이다.

전국중등야구대회에서 항상 1, 2위를 다투는 라이벌이었는데, 동학 중학교나 백석 중학교에 비한다면 명성 중학교는 아무래도 조금 부족했다.

서대호 코치의 말처럼 전국대회에서 4강에 들어가는 실력을 가지고 있기는 했지만, 동학과 백석이 워낙 강하다 보니 항상 4강까지가 명성의 전부였다.

"5학년 때까지만 야구부에 있었어. 아마 동학중이랑 백석중에서는 나에 대해 모를걸?"

확신할 순 없지만, 아주 가끔 후보로 마운드에 올라갔던 날 중등부 1, 2위를 다투는 동학중이랑 백석중에서 알고 있을 리가 없을 것 같았다.

사실, 서대호 코치가 어떻게 날 눈여겨봤는지도 솔직히 조금 의문스러울 때가 없잖아 있었다.

무엇보다 내가 아니더라도 이미 동학, 백석 두 학교는 전국에서 내로라하는 초등부 선수들이 서로 입학을 하겠다고 할 테니 그들 중 신입생을 선별하는 것만으로도 다른 곳에 눈을 돌릴 이유가 없을 것 같았다.

"5학년? 그럼 너 6학년 때는 야구 안 했어?"

"안 한 건 아니고……."

굳이 프로 선수 출신들에게 레슨을 받았다는 말을 해서 좋을 게 없을 것 같아 대답을 하지 않았다.

"야! 거기 신입 둘! 잡담 그만하고 빨리 와서 장비나 정리해!"

2학년 선배의 험악한 목소리에 우리는 서둘러 장비를 정리했다.

근호는 덩치에 어울리지 않게 작은 새처럼 종알종알 이야기를 해댔고, 덕분에 지루하지 않게 장비 정리를 할 수 있었다.

\*　　　\*　　　\*

중학교 생활은 단조로웠다.

야구를 하더라도 공부를 소홀히 해서는 안 된다는 부모
님의 뜻이 있었기에 수업 시간에는 다른 운동부 학생들과
는 다르게 항상 수업에 집중을 해야만 했다.

당연히 쉬운 일은 아니었다.

활동적인 운동부 생활은 많은 체력을 소모하기 때문에
수업 시간만 되면 자연스럽게 눈꺼풀이 감겨왔기 때문이
다.

그러다 보니 내 의지와는 다르게 간혹 수업 시간에 졸거
나 대놓고 잠을 자는 일도 있었다.

그렇지만 최대한 공부를 하려고 했기에 다행스럽게도 1학
기 내내 중간 정도의 성적은 유지할 수 있었다.

"넌 야구가 왜 좋아?"

주변에서 단짝이라 부를 만큼 근호와 친해져 있었다.

무엇보다 근호는 포수를 지망하고 있었기에 투수인 내게
있어선 최적의 조합이었다.

야구가 왜 좋냐고?

문득, 근호의 질문에 대답을 할 수가 없었다.

한 번도 생각을 해본 적이 없었기 때문이다.

그냥 자연스럽게, 아니, 당연스럽게 걸음마를 떼면서부
터 야구를 했다.

야구공, 글러브, 배트는 장난감이었고, 아버지와 하는 놀

이는 온통 야구뿐이었고, 내가 가장 많이 본 TV 프로도 야구 중계나 야구 관련 영상들뿐이었다.

나에게 있어 야구는 그냥 나 자신이었다.

좋다, 싫다의 감정적인 판단을 내린 적이 없었다.

"난 말이야, 세상에서 가장 위대한 포수가 될 거야!"

근호는 갑자기 벌떡 일어나선 양팔을 높이 들며 그렇게 소리쳤다.

그 모습이 우습게 보이기도 했지만, 워낙 진지한 얼굴로 외치는 말이었기에 차마 소리 내서 웃을 수가 없었다.

"내가 왜 포수를 하려는지 알아?"

대답 대신 고개를 저었다.

"현대 야구에서 포수는 모든 걸 진두지휘하는 사령관이야. 어때, 멋지지?"

그걸로 끝?

근호는 더 이상 할 말이 없는 건지, 할 필요가 없는 건지 의기양양하게 날 바라보고 있었다.

흔히들 포수를 안방마님이라고 부른다.

가장 기본적으로 투수를 리드하고 수비수를 지휘한다.

사실상 야구라는 스포츠에서 가장 머리가 복잡한 포지션이 포수고, 가장 힘들고 어려운 포지션 역시도 포수다.

특히 한여름에 포수 장비를 주렁주렁 착용하고, 마스크

까지 쓰고 쭈그려 앉아서 투수의 공을 받아야만 하는 포수의 모습은 정말이지 존경스럽다는 말이 절로 나올 정도로 안쓰럽기까지 했다.

에이스, 야구의 꽃, 게임을 지배하는 자 등등 온갖 화려하고 멋있는 수식어는 모두 투수의 몫이다.

하지만 진짜 모든 사람들에게 칭찬을 받고 격려를 받아야 하는 포지션은 포수였다.

막말로 공은 아무나 던질 수 있다.

다만 얼마나 빠르고 정확하게 던지느냐의 차이가 있을 뿐이다.

그렇지만 공은 아무나 받을 수 없다.

특히 '부웅, 부웅' 소리를 내며 배트까지 휘두르는 타자의 뒤에서 투수의 공을 받는 일은 절대 아무나 할 수 없다.

"그리고 우리 아빠가 그랬는데, 포수는 포지션 경쟁이 야수나 투수에 비해 좀 편하다고 했어. 그런데 더 중요한 건 포수라는 포지션이 워낙 힘들어서 연봉을 많이 받을 수 있다고 하더라고. 히힛!"

딱히 틀린 말은 아니다.

야구 선수가 가장 기피하는 포지션이 포수인 건 그만큼 어렵고 힘들기 때문이다.

때문에 경쟁자 역시 다른 포지션에 비해 적은 편이다.

거기다 근호의 말대로 포수로 성공했다 불리는 선수들은 굉장히 많은 연봉을 받을 수 있다.

하지만 연봉을 많이 주는 건 그 이유가 있기 때문이라는 걸 똑똑히 알고 있어야만 한다.

"넌 세상에서 가장 위대한 투수가 돼! 난 그런 네 공을 받아주는 위대한 포수, 아니 전설적인 포수가 될 테니까!"

나는 위대한 투수고, 자기는 전설적인 포수?

유치하게 따지고 들기보다는 그냥 근호의 말에 고개를 끄덕였고, 손가락까지 걸고 약속하자는 근호의 치기 어린 행동을 거부하려고 했지만 위대한 투수가 될 자신이 없냐는 소리에 하는 수 없이 손가락을 걸고 약속을 했다.

그런 우리의 약속이 무의미하게 그해 겨울 근호는 교통사고를 당했다.

오른쪽 어깨를 심하게 다치면서 야구를 그만둬야만 했고, 마지막 인사를 온 근호는 세상이 무너지기라도 한 듯 아주 서럽게 엉엉 울면서 야구부를 떠났다.

그런 근호의 모습을 보며 나 역시 눈물이 왈칵 쏟아져서 한참이나 울며 서 있어야만 했다.

그렇게 난 단짝을 잃었다.

＊　　　＊　　　＊

"아들, 그새 또 키가 컸네?"

교복을 입고 등교를 하려던 날 향해 어머니가 그렇게 말했다.

"바지 밑단이 벌써 또 이렇게 짧아져 버렸네. 우리 아들 정말 쑥쑥 크는구나!"

어머니의 말대로 중학교 2학년이 되자 꼭 누군가 내게 마법이라도 부린 것처럼 키가 자랐다.

벌써 179㎝를 넘겨 버린 키와 어렸을 때부터 하루도 빼놓지 않고 해온 운동들 때문인지 균형 잡힌 몸매와 탄탄한 체격은 어느 순간부터 주변 시선을 신경 써야 할 정도였다.

"지연아, 네가 좋아한다는 3반 야구부원이 쟤 맞지?"

"모, 몰라!"

학교에서, 특히 여학생들이 날 바라보며 저희들끼리 수군거리며 꺄르르거리는 모습을 자주 볼 수 있었다.

등교를 하면 사물함에 편지가 2, 3통씩 들어가 있는 날이 일주일에 2번 정도는 되었고, 무슨 날이다 싶으면 사물함은 물론 책상 위에도 온갖 선물들이 수북하게 쌓여 있었다.

"저, 저기……"

수업이 끝나 야구부로 향하려던 내 앞을 작고 귀여운 여학생이 가로막았다.

무슨 일이가 싫어 가만히 그 여학생을 내려다보니 어느새 귀까지 빨갛게 물든 여학생이 기어들어 가는 작은 목소리로 말했다.

"나는 5반 홍주희라고 해. 호, 혹시 내가 준 편지 봤어?"

미안한 말이지만, 편지를 보지 않았다.

처음에는 사물함에 편지가 들어 있어 무슨 편지인가 싶어 궁금함에 읽어봤고, 날 좋아한다느니 멋있다느니 하는 말들이 기분 좋아서 며칠 동안은 꼬박꼬박 편지를 읽었지만, 시간이 지날수록 편지를 써주는 사람만 바뀌었을 뿐 내용은 별로 바뀌지 않았기에 어느 순간부터는 편지를 읽지도 않고 집 한구석에 쓰레기처럼 모아두고만 있었다.

학교에서 대놓고 버리면 안 될 것 같아서 집으로 가져간 후에 쓰레기통에 버리려고 했더니, 어머니가 그런 비신사적이고 야만스러운 짓을 하면 안 된다며 귀가 떨어져 나갈 정도로 잡아 비트는 바람에 어쩔 수 없이 전용 상자 하나를 마련해 대충 모아두고 있는 형편이었다.

"미안, 보지 않았어."

"아… 그, 그래? 그럼 혹시… 이번 주 토요일에 나랑 같이 영화 볼래?"

길지도 않은 말을 하는데 한참이나 걸렸다.

손목에 찬 시계를 확인하고는 야구부 집합 시간에 늦을 수도 있단 생각이 들어 빠르게 대답했다.

"미안, 토요일에 야구 연습해야 해. 그럼 난 갈게."

"그, 그럼 일요일은……."

작은 목소리로 뭐라고 말을 하려는 여학생의 옆을 지나쳐 교실을 나왔다.

야구부 숙소를 향해 빠르게 걸어가던 나는 다시 걸음을 멈춰야만 했다.

"야! 니가 이슬이가 말한 그 새끼냐?"

나보다는 작았지만, 충분히 또래에 비해 크다고 할 만한 남학생이 날 향해 시비를 걸어왔다.

그의 주변에는 4명의 친구가 모여 있었는데 하나 같이 날 못마땅한 눈으로 노려보고 있었다.

무슨 말인가 싶어 가만히 남학생을 바라보자 그가 인상을 구기며 다시 말했다.

"개새끼가 씹어? 니가 야구부면 다야?"

내가 야구부라서 뭘 어쨌다는 거지?

이해할 수 없는 말이었고, 무엇보다 잘 알지도 못하는 사이에 대뜸 욕을 하자 기분이 팍 상해 버렸다.

운동부라서 싸움을 하면 안 된다는 말을 여러 번이나 들었지만 그렇다고 그것이 족쇄가 되어 누군가에게 욕을 들어야 하고 시비를 걸어와도 바보처럼 당하고만 있어야 한다는 건 인정할 수 없었다.

"시비 거는 거야?"

내 물음에 남학생이 어처구니없다는 듯 웃으며 날 향해 걸어왔다.

내 앞에 멈춰선 그는 자신보다 내가 키가 커서 올려다보는 게 마음에 들지 않았는지 '씨발, 씨발' 하며 욕을 내뱉더니 사전 예고도 없이 내 배를 향해 주먹을 휘둘렀다.

퍽.

갑작스런 주먹질이었지만 딱히 신음 소리를 내거나, 고통에 배를 움켜쥐어야 할 정도는 아니었기에 태연히 서서 남학생을 바라봤다.

"이, 이 새끼가……."

자신의 주먹질에 내가 아무렇지도 않아 하자 그가 꽤나 당황한 얼굴로 말까지 더듬거렸다.

빨갛게 익은 얼굴이 꽤 볼만했다.

녀석의 어깨를 왼손으로 움켜잡았다.

투수에게 악력은 반드시 필요한 것이라며 아버지는 항상 악력 운동을 시켰고, 그 덕분에 악력 하나만큼은 상대가 보통 성인 남성이라 하더라도 지지 않을 자신이 있었다.

하긴, 어디 악력뿐이겠는가?

달리기, 유연성, 하체 근력, 순발력 등 모든 능력이 이미 같은 운동부 고등학생과 비교해도 뒤떨어지지 않을 정도였으니 눈앞에 있는 또래의 남학생 정도는 비교 대상 자체가 될 수 없었다.

"아악!"

어깨에서 느껴지는 고통에 녀석이 비명을 내질렀다.

마음 같아서는 함부로 주먹질을 한 손목을 비틀어 꺾어 놓고 싶었지만, 그랬다가는 걷잡을 수 없을 정도로 일이 커질 것 같았기에 참고 말았다.

"다시 한 번 욕을 하거나 주먹질을 하면 그땐 머리를 이렇게 눌러 버릴 거야. 물론 주먹질을 한 손도 다시는 쓰지 못하게 비틀어 버릴 거고."

남자는 어느 순간에도 물러서지 말아야 한다는 아버지의 말대로 녀석에게 그렇게 경고를 하고는 야구부를 향해 걸어갔다.

의기양양하게 날 막아섰던 녀석들은 좌우로 슬금슬금 물러나더니 내가 갈 길을 비켜주었다.

"너 이 새끼! 두고 봐! 절대 가만두지 않을 거야!"

뒤에서 녀석이 고래고래 소리를 질러댔지만, 빈 수레가 요란하다는 말처럼 이미 기가 꽉 꺾여 버린 그가 다시 내 앞에 나타날 일은 없을 것 같았다.

　　　　　*　　　　*　　　　*

　누군가 나에게 하루 중 어느 때가 가장 행복하냐고 물으면 난 주저 없이 야구부 연습 시간을 말할 수 있었다.

　야구가 왜 좋냐는 근호의 물음 이후 난 끊임없이 스스로에게 질문을 했고, 그 결론은 그냥 야구를 하면 편안하고 익숙해서 내가 가장 잘할 수 있는 것이었다.

　이런 감정이 좋아하는 것과 뭐가 다른가 생각해 봤지만 딱히 차이점을 찾을 수가 없었고, 결론적으로 난 야구를 아주 많이 좋아한다는 사실을 알 수 있었다.


　7월이 되자 전국중학 야구선수권 대회가 시작됐다.

　1학년 때와는 다르게 2학년이 되자 에이스가 될 수 있었다.

　3학년 형들이 버티고 있었지만 감독님은 2학년인 날 에이스 카드로 선택했고, 경기에 당당히 나갈 수 있었다.

　혹시라도 초등학교 때처럼 학부모들이 학교에 찾아와서 항의를 하는 것 아닌가 걱정했지만 그런 일은 벌어지지 않았다.

　확실히 초등학교와 중학교는 달랐고, 3학년 형들도 에이스 자리를 2학년에게 빼앗겼다는 사실에 억울하고 분한 기색을 드러냈지만 대놓고 날 괴롭히거나 문제를 일으키지 않았다.

대망의 첫 경기가 벌어졌다.

첫 상대는 강진 중학교로 딱히 전력이 뛰어난 팀은 아니었다.

감독과 코치는 평소대로 자신 있게 공을 던지면 된다며 내 부담감을 최대한 덜어주려고 했고, 선발로 경기에 출전하는 3학년 선배들도 파이팅을 자주 외치며 내 긴장감을 줄이려고 노력해 주었다.

어김없이 경기장 스탠드에는 아버지와 어머니가 여동생 지아를 데리고 응원을 와주었다.

"오빠! 파이팅! 삼진!"

초등학교 3학년인 지아가 양팔을 마구 흔들며 날 응원해 주었고, 그 모습에 나는 빙긋 웃고는 마운드 위에서 포수인 3학년 기찬 선배의 사인을 기다렸다.

사인이라고 해봐야 어차피 직구 하나밖에 없었다.

첫 번째 코스로는 타자의 몸 쪽 공을 요구했다.

천천히 와인드업을 하고 내가 노리는 코스만 뚫어져라 노려보며 힘차게 공을 던졌다.

쇄애액― 꽝!

송곳처럼 파고들어 오는 몸 쪽 꽉 찬 직구에 타자가 깜짝 놀라며 뒤로 물러났다.

"스트라이크!"

심판의 외침에 타자는 고개를 절레절레 저으며 몇 차례 한숨을 내쉬더니 타자 박스에 다시 섰다.

눈빛이 날 잡아 먹을 듯 이글거리고 있었다.

노려본다고 달라지는 건 없다.

투수는 그 어떤 맹수같은 타자라 하더라도 반드시 잡아먹어야 하는 불굴의 의지를 지닌 사냥꾼이어야만 하니까.

바깥쪽을 요구하는 기찬 선배의 사인을 거부하고 다시 한 번 몸 쪽으로 바짝 붙여서 직구를 던졌다.

쇄애액― 파앙!

"스, 스트라이크!"

마지막 3번째 공 역시도 몸 쪽으로 던졌다.

"스트라이크! 아웃!"

첫 번째 타자를 깔끔하게 3구 삼진.

그것도 몸 쪽으로만 날카롭게 찌르고 들어가는 빠른 직구로 잡아내자 감독과 코치는 박수를 치며 좋아했고, 상대 팀 벤치는 믿을 수 없다는 듯 고개를 절레절레 저으며 날 바라보고 있었다.

경기 결과는 9 : 0.

5회 콜드로 가볍게 승리를 따냈다.

내 경기 성적은 5이닝 무실점, 2피안타, 무사사구, 9개의 탈삼진을 잡아냈다.

더불어 7번 타자로 타석에 서서 2안타를 치기도 했다.

당연히 그날의 경기 MVP는 내가 차지했고, 내 이름이 서서히 전국으로 퍼져 나가기 시작했다.

무엇보다 가장 날 기쁘게 한 건 그날 내 최고 구속이 133㎞가 나왔다는 사실이다.

사람들은 그날 이후, 날 강속구 투수라 불러주었다.

*     *     *

"결승이다. 모두 결승까지 올라오느라 수고들 많았다. 이왕에 결승까지 올라왔으니 우승할 수 있도록 최선을 다 하도록 하자. 결승이라고 긴장하고 부담 가질 필요 없다. 평소 연습 때처럼 편안한 마음으로 자신의 플레이만 확실하게 해주면 된다. 타자는 집중해서 최대한 많은 공을 보고 자기 스윙 확실하게 가져가라. 투수는 복잡하게 생각할 거 없이 자기의 공만 정확하게 던지면 된다. 누누이 말하지만 그 어떤 투수라 하더라도 안타는 맞는다. 그러니 안타를 안 맞겠다고 던지는 건 바보 같은 플레이다. 안타를 맞더라도 확실하게 자신의 공에 자신감을 갖고 던져라. 볼넷 주는 건 용납하지 않는다. 그리고 야수들, 긴장 풀지 마라. 그라운드에서 뻣뻣하게 굳어 있지 말고 계속해서 몸을 움직여 유연성을 유지하면 연습 때 해왔던 것처럼 편안하게 수비를 할 수 있다. 절대 급하게 서두르지 말고 침착하게 포구부터 해라. 그리고 벤치에서도 쉬지 않고 파이팅을 불어 넣어라. 경기에 뛰는 선수들만큼 너희도 힘을 내서 응원을 해줘야 한다. 모두 알겠지?"

"네!"

"지혁아."

감독의 부름에 앞으로 다가가니 내 어깨를 가볍게 쓰다듬으며 말했다.

"평소처럼 긴장하지 말고 편안하게 네 공만 던져라."

전국중학 야구선수권 대회의 결승전 상대는 전국 투 톱이라 불리는 동학 중학교였다.

동학 중학교는 언제나 결승전 단골손님이었기에 누구나 예상이 가능했지만, 우리 명성 중학교는 언제나 4강 언저리에만 머물던 팀이라 승부 예측은 당연히 동학 중학교가 우세했다.

만약 8강에서 백석 중학교가 성암 중학교에게 의외의 패배를 당하지 않았다면 우리는 4강에서 성암 중학교가 아닌 백석 중학교와 준결승을 해야 했을 테고, 지금처럼 결승까지 올라올 수 있었을지는 아무도 장담할 수 없는 일이었다.

결승전 선발로는 당연히 팀 내 에이스로 확실하게 자리를 잡은 내가 마운드에 올라갔다.

8강 때부터 선발은 무조건 나였다.

8강 이전까지는 3학년 선배들도 번갈아가며 마운드에 올랐지만, 성적이 좋다고 할 수 없었기에 8강부터는 꾸준히 날 선발로 기용하고 있었다.

주말마다 경기가 치러지고 있었기에 몸에는 전혀 무리가 가질 않아 십몇 년 전처럼 혹사 논란 따윈 있을 수가 없었다.

이번 전국중학 야구선수권 대회를 통해서 내 이름은 전국 중학교, 고등학교에 꽤 알려진 상태였다.

하루가 멀다 하고 아버지는 인터넷 기사와 지역 신문, 잡지 등에 실린 기사를 수집하며 즐거워하셨다.

솔직히 난 얼굴이 화끈해질 정도로 민망한 기사 내용들로 인해 아버지의 수집이 달갑지는 않았지만, 저녁마다 어머니와 함께 봤던 기사들을 다시 보며 맥주 한 잔으로 하루의 피로를 푸는 모습을 보니 딱히 말릴 수가 없었다.

《제69회 전국중학 야구선수권 대회 최고의 기대주!》

명성 중학교 2학년에 재학 중인 차지혁 선수는 만 13세의 나이에도 불구하고 최고 구속 135km의 불같은 강속구를 던지며 이번 대회 최고의 기대주이자, 장차 대한민국 최고 투수로서의 가능성을 유감없이 보여주고 있다.

아버지 차경석 씨의 말에 따르면 야구광인 아버지의 영향으로 인해 지혁 군은 돌이 지날 무렵부터 야구공을 장난감으로 가지고 놀며 야구 선수로서의 인생을 일찌감치 시작했다고 한다.

만 13세의 나이임에도 벌써 179cm에 76kg으로 중학 2학년생으로는 보기 드문 탄탄한 체격이며, 걸음마와 동시에 아버지와 함께 야구 선수로서 필요한 운동을 하루도 빠짐없이 해왔다고 한다.

타고난 재능에 유아 시절 때부터 시작한 운동으로 인해 고교 선수와 비교해도 전혀 밀리지 않는 피지컬을 완성하고 있어 향후 대한민국의 에이스로 우뚝 설 날을 기대하게끔 만들고 있다.

이런 차지혁 선수의 재능과 실력을 일찌감치 알아차린 명성 중학교의 서대호 코치는 5학년에 재학 중이던 차지혁 선수의 집에 찾아가 …중략…… 이로써 명성 중학교는 중학 야구계에 혜성처럼 등장한 강속구 투수 차지혁 선수를 에이스로 앞세워 사상 첫 전국중학 야구선수권 대회 결승전에 진출하는 쾌거를 이룩함으로써 …중략…… 명성 중학교가 중학 야구 최강이라 불리는 동학 중학교를 상대로 창단 첫 우승을 하기 위해선 그 여느 때보다 에이스 차지혁 선수의 역할이 중요하며, 이번 결승전은 차지혁이라는 스타 탄생의 확실한 신호탄이 될 수 있을지 귀추가 주목되고 있다.

제69회 전국중학 야구선수권 대회 결승전은 2021년 8월 8일 일요일에 열린다.

*      *      *

-헛스윙! 삼진입니다! 차지혁 선수 다시 한 번 불같은 강속구로 동학 중학교 2번 타자 주효준 선수의 몸 쪽을 날카롭게 찌르며 헛스윙을 이끌어 냅니다. 이걸로 벌써 탈삼진 8개를 기록합니다! 어떻게 저런 어린 선수가 이토록 대단한 공을 던지는지 참 놀랍습니다! 박민선 해설위원께서는 어떻게 보십니까?

-정말 놀랍다는 말밖에 나오질 않는 차지혁 선수입니다. 이제 고작 중학 2학년 선수라는 게 믿겨지지 않을 정도입니다. 지금까지 많은 선수들을 봐왔지만 그중에서도 차지혁 선수는 야구를 위해 태어난 선수라는 말이 아깝지 않을 정도로 그 재능과 실력을 모두 갖췄다고밖에 볼 수

없습니다. 공식 기록으로 최고 구속이 135㎞이질 않습니까? 사실, 최고 구속만 따지고 본다면야 기록상으로는 140㎞ 이상을 던진 경우도 있기에 압도적인 구속이라고는 할 수 없습니다. 하지만 차지혁 선수의 구속은 결코 평범한 수준이 아닙니다. 무엇보다 좌완이라는 점에서 그 메리트는 더욱 크다 할 수 있습니다. 그리고 또 한 가지 관계자들이 차지혁 선수를 대단하게 여기는 건, 보는 사람들로 하여금 정말 편안하게 투구를 하고 있다는 사실입니다. 편안한 투구에서 나오는 중학 선수라고는 믿겨지지 않을 정도로 잘 잡혀 있는 제구력이 가장 큰 장점이라 할 수 있습니다.

─그렇습니다. 많은 관계자들에게 차지혁 선수는 그 어떤 선수들보다 편안하게 투구를 한다는 점이 가장 인상적이라는 평가를 받고 있습니다. 박민선 해설위원께서 말씀하시는 것처럼 제구력 또한 굉장히 뛰어나기 때문에 앞으로 차지혁 선수에게 더욱더 기대를 하게 만드는 것입니다.

─같은 말을 반복하는 것 같습니다만, 차지혁 선수처럼 구속이 빠른 투수는 제구력에 어려움을 많이 겪습니다. 아무래도 무리해서 빠른 공을 던지다 보니 제구력이 떨어질 수밖에 없습니다. 그런데 차지혁 선수는 편안한 투구로 제

구력을 확실하게 잡고 가니 대단하다 할 수밖에 없는 겁니다. 저런 선수는 아주 보기 드문 케이스로, 만약 이대로 꾸준히 성장해 주기만 한다면 대한민국 에이스 자리를 넘보기에 충분할 것으로 판단됩니다. 저런 선수가 이번 대회 이전까지 알려지지 않았다는 게 이상할 정도입니다.

─말씀하시는 사이 동학 중학교 3번 타자 강주민 선수마저 헛스윙 삼진으로 돌려세우며 이닝을 마칩니다. 전 타석에서 안타를 만들어 냈던 강주민 선수에게 확실하게 복수를 하며 마운드를 내려오는 차지혁 선수입니다. 이제 4회 초 명성 중학교 공격으로 넘어 가겠습니다.


아버지는 내가 투수가 되길 원하셨고, 나 역시 항상 야구를 볼 때마다 언제나 경기의 중심이자 주인공처럼 비춰지는 투수가 최고의 포지션이라고 여겼다.

단지 주인공이 되고 싶다는 치기 어린 생각으로 시작된 투수였다.


"투수는 타고난 사람만이 할 수 있는 포지션이다. 공은 누구나 던질 수 있지만, 자신이 원하는 곳에 과감하게 던질 수 있는 강심장을 지녀야만 투수가 될 수 있다. 그렇다고 무식하게 공을 던지라는 게 아니다. 투수의 재능이 강심장이라면, 자질은 제구력이다. 제구력이 뒷받침되지 않는 투수는 절대 좋은 투구가 될 수 없다. 아무리 빠른 공을 던질 수 있어도 자신이 원하는 곳에 던지질 못하면 결코 마운드에 올라서지 말아야 한다."

나에게 많은 것을 알려 주었던 레슨 코치 최태식의 말이었다.

그의 말처럼 제구력은 투수의 기본 자질이다.

나 역시 제구력도 없는 투수가 던지는 공은 단순한 폭력으로밖에 생각하지 않았다.

원하는 곳에 공을 던지지도 못하면서 투수를 하겠다는 모습을 보고 있으면 솔직히 한심했다.

그건 이기적인 욕심일 뿐이다.

"스윙! 삼진 아웃!"

주심은 성난 사람처럼 땅을 향해 주먹을 힘껏 내려치며 소리를 내질렀다.

그라운드에서 긴장한 표정으로 수비를 하던 3학년 선배들이 글러브를 내던지며 나를 향해 달려왔다.

벤치에서도 발을 동동 구르던 야구부원들이 꽥꽥 소리를 지르며 마운드로 돌진을 해왔다.

우승이었다.

결승전이라고 딱히 긴장이 되거나 떨리는 감정은 없었다.

감독과 코치는 이런 날 철의 심장이라고, 타고난 투수라고 칭찬을 했다.

그렇게 결승전 마운드에 선발로 올라가 묵묵하게 내 공만 던졌다.

5이닝을 던져서 안타를 5개나 맞고, 2루수 실책으로 1명의 주자를 살려 보내기도 했지만 다행스럽게도 실점은 없었다.

무엇보다 가장 아쉬운 건 이번 대회에서 처음으로 볼넷을 줬다는 점이다.

1회 초 1번 타자를 상대로 스트라이크라 생각하고 붙였던 몸 쪽 공을 주심이 볼로 판정 내려 본의 아니게 첫 번째 타자부터 볼넷을 주고 말았다.

감독이 주심에게 항의를 했지만 판정은 번복되지 않았다.

그나마 다행이라면 이후부터는 내 예상대로 스트라이크 판정이 내려져서 더 이상의 볼넷은 없었다.

그렇게 5이닝 5피안타 1사사구 무실점 15탈삼진이라는 기록으로 사상 처음으로 명성 중학교를 전국대회 우승을 이끌었다.

무엇보다 대회 최우수선수상에 선정되며 차지혁이라는
이름 세 글자가 전국을 강타했다.


　제69회 전국중학 야구선수권 대회 우승 : 명성 중학교.
　대회 최우수선수상 : 차지혁(명성중, 투수).
　대회 성적
　[승패 : 5승 0패] [이닝 : 24] [평균자책점 : 1.5] [피안타 :
23] [볼넷 : 1] [삼진 : 47]

**Chapter 2**

누군가 그랬다.

눈을 떠보니 세상이 달라져 있었다고.

내가 그랬다.

전국대회를 마치고 우승을 했다는 기쁨에 야구부는 많은 학부모들과 함께 뻑적지근하게 회식을 했다.

나 역시 부모님 곁에서 배가 부르도록 음식을 먹고 집으로 돌아와 마무리 운동을 한 후에야 푹 잠을 잘 수 있었다.

그렇게 자고 일어났더니 어제와는 전혀 다른 세상이 날 맞이했다.

가장 먼저 인터넷과 신문에서 내 이름을 쉽게 찾을 수가
있었다.

인터넷의 경우엔 굳이 찾을 필요도 없었다.

실시간 검색어 순위에 올라가 있었으니까.

고작 중학교 야구 대회에서 우승했다고 실시간 검색어
순위에 올라갔다는 게 참 아이러니한 일이었다.

어쨌든 명성 중학교, 대회 최우수 선수, 강속구 투수 등
다양한 검색어가 지속적으로 순위를 차지하고 있었다.

그리고 웬만한 일에 쉽게 놀라지 않는 나조차 놀란 검색
어가 딱 하나 존재했다.


　차지혁 뉴욕 메츠.


내 이름 연관 검색어로 뉴욕 메츠라는 단어가 자석처럼
달라붙어 있었다.

어떻게 된 일인지 알아볼 수밖에 없었고, 그 결과 황당하
게도 뉴욕 메츠에서 날 주목하고 있다는 몇 개의 기사 때문
이었다.

야구를 하는 선수라면 그 누구라도 소원하는 것이 한 가
지 있다.

바로 메이저리그에서 선수 생활을 하는 거다.

나 역시 야구를 하면서 자연스럽게 세계 최대 프로 리그인 미국 메이저리그에서 선수 생활을 하길 꿈꾸고 있다.

하지만 단순히 꿈만 꾼다고 가능한 일이 아니기에 꿈을 이룰 수 있도록 하루도 빼놓지 않고 훈련을 소화하는 거였다.

몇 명의 기자가 뉴욕 메츠에서 나를 주목하고 있다는 기사를 인터넷에 올렸다.

어떻게 된 일인지 나로서는 전혀 알 수 없었지만, 기사의 내용이 정말 사실이라면 내가 지금까지 해온 야구가 결코 헛되지 않았다는 걸 인정받는 일이라 더할 나위 없이 기분이 좋았다.

인터넷에서는 온통 날 사기 캐릭터라고 불렀다.

중학 2학년이라고는 믿을 수 없는 실력과 성적을 냈다는 말들이 대부분이었다.

이름만 치면 사진 정도는 쉽게 구할 수 있었고, 누가 올렸는지 모를 대회 동영상도 곳곳으로 퍼져 있었다.

대한민국 미래의 에이스라는 말도 심심찮게 볼 수 있었고, 고교 졸업과 동시에 메이저리그로 직행을 할 거란 소리도 있었다.

더불어 계약금으로 얼마를 받을 수 있네, 연봉이 얼마네, 어느 구단과 계약을 할 것이네, 앞으로 시속 몇 km의 공을

던질 수 있다는 등 온갖 추측과 루머가 나돌아 나를 웃게
만들었다.

세상은 날 달라진 시선으로 맞이했지만, 우리 가족은 전
혀 달라지지 않았다.

아버지와 함께 해왔던 아침 운동은 여전했고, 어머니 역
시 떠들썩한 세상 이야기에는 전혀 관심 없다는 듯 입 밖으
로 꺼내지도 않았으며, 여동생 지아는 언제나처럼 나에게
매달려 애교를 부렸다.

마지막은 인터넷을 검색하며 시간 가는 줄 모르는 날 학
교 늦는다며 등짝까지 후려쳐 집에서 쫓아내는 어머니의
잔소리였다.

하지만 달라지지 않은 건 우리 가족과 나뿐이었다.


"한국 미래의 에이스!"

"너 메이저리그에 간다면서?"

"정말 계약금으로 500만 달러를 받는 거야?"

"학교 중퇴하고 미국으로 바로 가기로 했어?"

"뉴욕 메츠에서 너희 집에 찾아왔다면서?"

나도 알지 못하는 이야기들이 주변에서 쉬지 않고 쏟아
져 나왔다.

날 잘 알지도 못하는 학교 후배, 동기, 선배들까지 일부

러 우리 반으로 찾아와 내 얼굴을 뚫어져라 쳐다보거나, 미리미리 사인을 받아둬야 한다면서 한 번도 해본 적 없고 있지도 않는 사인을 요청해서 날 귀찮게 만들었다.

심지어 선생님들까지도 수업 중에 나에 대한 루머를 물어보며 확인을 해왔다.

"메이저리그의 모든 팀들은 각 지역마다 스카우트를 파견하거나 유망주 발굴을 위해 정보원들을 둔다. 당연히 어제도 스카우트와 정보원들이 경기를 봤고, 그렇지 않아도 네 실력에 관심을 두고 있던 이들이 본격적으로 움직인 모양이다."

서대호 코치의 말에 난 그제야 대충 돌아가는 상황을 이해할 수 있었다.

"주변 소란에 흔들리지 말고 넌 지금까지 해왔던 것처럼 운동에만 전념해라. 네 성격상 이런 잔소리를 할 필요도 없겠지만, 그래도 넌 아직 중학교 2학년이라 우려해서 하는 말이다. 운동선수는 자기 운동만 묵묵히 하면 언제든 그 결과를 보상받는다. 갑작스런 관심에 더 무리할 필요도 없고, 자만해서도 안 된다. 그리고 항상 하는 말이지만 몸 관리는 본인 스스로 잘해야 하는 거다. 조금이라도 이상하다 싶으면 나나 감독님, 아니면 아버지에게라도 꼭 말씀을 드려라. 운동선수는 절대 이러다 괜찮겠거니 하는 생각을 가져선 안 된다. 알겠지?"

의미심장한 말이었다.

본인의 경험에서 우러나오는 진심 어린 충고였다.

유망주로서 모두의 기대를 받으며 화려하게 날아오를 날만 기다리던 사람이 부상으로 날갯짓조차 제대로 해보지 못하고 추락했으니 그것에 대한 한이 얼마나 클지는 상상도 할 수 없는 일이었다.

며칠 후부터는 야구부로 많은 사람이 방문을 해왔다.

이름만 들어도 알아주는 고교 야구부 코치와 감독은 물론, 스포츠 에이전시 관계자, 프로 구단 스카우트와 메이저리그 스카우트까지 모습을 드러내며 나를 중심으로 떠도는 루머나 소문들이 결코 허황된 것들만은 아니라는 걸 확인시켜 주었다.

"이번 전국대회에서는 아주 인상적이었다. 앞으로 그렇게만 해준다면 장차 우리나라를 이끌어 나가는 에이스로 성장할 수 있을 거라고 본다. 그리고 이건 앞으로의 네 인생을 위해서라도 꼭 해주고 싶은 말이지만, 고등학교 졸업장은 반드시 따야 한다. 사람의 인생은 어떻게 될지 모르니 최소한의 안전장치는 반드시 마련해 둬야만 한다."

"고교 졸업과 동시에 국내 신인 드래프트에 등록할 생각이겠지? 설마하니 해외 신인 드래프트에 등록할 생각은 아니겠지? 겉으로 보기에 해외 드래프트 시장의 규모가 워낙 커서 많은 선수들이 욕심을 내지만, 솔직하게 말해서 고교를 졸업하자마자 일본이나 미국으로 진출하는 건 상당히 위험한 일이다. 언어의 문제도 그렇고, 최소 25세까지는 더 가다듬으며 성장을 해야 하는 시기인 만큼 반드시 국내 프로 팀에 입단해서 야구를 배우는 걸 추천한다. 어차피 실력만 좋다면 얼마든지 일본이든 미국이든 자유롭게 이적이 가능하니 우선은 국내에서 선수 생활을 시작하길 조언한다."

"알고 계시겠지만, 내년 1월 1일이면 차지혁 선수의 나이가 만 14세가 되기 때문에 정식으로 에이전시 계약이 가능해집니다. 부모님이나 감독, 코치들에게 에이전시에 대해서 얼마나 들으셨는지 모르겠습니다만, 프로 선수에게 에이전트란 반드시 필요한 조언자이자 함께 프로 생활을 해나갈 가장 가까운 동반자입니다. 에이전시가 하는 일은 굉장히 다양합니다. 특히 고교 때부터 에이전시가 있는 선수들은 절대 혹사를 당하거나 부당한 일을 겪지 않습니다. 아주 강력한 보호자, 그것이 우리 에이전시의 역할입니다. 고교 졸업 후 드래프트 시장에 나온다면 담당 에이전트가 알아서 모든 구단의 정보를 제공해 드립니다. 이건 에이전시가 없는 선수들보다 몇 발자국이나 앞서나갈 수 있는 힘이 되기도 합니다. 당연히 계약을 할 시에도 최대한 선수에게 유리한 조건으로 계약을 이끌어 나갈 수 있습니다. 그리고 해외 드래프트 시장으로 진출하게 된다면 기본적인 언어 문제부터 시작해서 해외 생활에 어려움이 없도록 적극적인 도우미 역할을 하게 됩니다. 차지혁 선수가 마음만 먹는다면 저희는 내년에 당장 계약을 할 준비가 되어 있습니다."

"현재 메이저리그에서 활약 중인 많은 메이저리거 중 중고등학교를 과감하게 포기하고 체계적으로 야구를 배운 이들이 상당수 존재하네. 어차피 야구 선수로 성공하겠다 마음을 먹었다면 굳이 중고등학교를 다닐 필요가 없네. 남들보다 일찍 메이저리그 구단의 관리를 받을 수 있다는 건 일생일대의 기회니까. 부상 염려도 훨씬 줄어들고, 무엇보다 한 살이라도 어린 나이에 메이저리그에 데뷔를 하면 그만큼 일찍 남들보다 많은 돈과 명예를 얻을 수 있지 않겠나? 내가 하는 말을 잘 생각해 보고 부모님과도 상의를 해보도록 하게."

나를 만나고자 찾아온 사람들의 이야기는 모두 달랐다.
유일하게 한 가지 공통된 점은 자신이 속한 학교, 에이전시, 팀으로 오라는 거였다.

명문 고등학교, 크고 작은 에이전시, 한국 프로구단, 일본과 미국의 팀까지 서로 자신들에게 오라는 권유를 받았다.

이들의 권유를 받아들이는 가장 결정적인 역할을 할 수 있는 사람은 내가 맞지만, 적어도 난 아버지나 어머니와 뜻을 함께하고 싶었다.

지금까지 날 키워주신 은혜에 대한 보답이 아니라 자식으로서 당연히 해야 할 도리라 여겼다.

날 만나고자 하는 이들로 인해 귀찮기도 했지만, 내가 몰랐던 것들에 대해서 많은 걸 알 수 있었기에 마냥 무의미한 시간들만은 아니었다.

하지만 그것도 한 달이 조금 지나자 계속해서 같은 이야기로 내 시간을 빼앗으려고 하니 운동에 방해가 되었다.

아버지에게 슬쩍 이야기를 흘리자 곧바로 아버지가 나서서 더 이상 귀찮게 구는 곳과는 절대 진학이나 계약 등을 하지 않겠다고 협박 아닌 협박을 했고, 이후 거짓말처럼 날 귀찮게 하는 곳이 나타나지 않았다.

전국대회 이후, 한국 프로 야구 협회에서 주관하는 대회에 출전을 했다.

전국대회만큼이나 중요한 대회고, 그곳에서도 난 말도 안 되는 성적으로 명성 중학교를 우승으로 이끌며 대회 최우수선수상을 수상해 2관왕에 오르는 쾌거를 이룩했다.

덕분에 전국 중학 야구 선수 랭킹에서 투수 부문 1위, 전체 유망주 부문 1위를 차지하며, 다시 한 번 야구 관계자들의 마음을 송두리째 흔들어 놓았다.


"어머? 우리 아들 팬카페가 생겼네?"

어머니의 말에 슬쩍 모니터를 바라보니 진짜로 '미래의 에이스 차지혁' 이라는 이름의 팬카페가 개설되어 있었다.

개설한 지 한 달도 되지 않았음에도 회원 수가 무려 만 명을 훌쩍 넘기고 있었다.

도대체 누가 나를 위해 팬카페를 만들었나 싶어 알아보니 놀랍게도 카페 개설자의 이름이 차경석이었다.

"알고 계셨죠?"

"글쎄."

슬쩍 웃으며 대답을 얼버무리는 어머니의 모습에 나는 고개를 흔들고 말았다.


\*          \*          \*


화려하게 등장하며 이름을 알린 중학교 2학년 생활이 끝나고 3학년이 되자, 아버지는 여기저기서 전화를 해오거나

집을 찾아오는 손님들로 인해 본업마저 뒷전으로 밀려나고
있었다.

남부럽지 않을 정도로 많은 돈이 있다거나, 든든한 후원
자가 있는 게 아니었기에 어머니는 아버지가 제대로 일을
하지 못하는 것에 대해 조금씩 불안감을 드러냈다.

아버지는 직장을 다니질 않았다.

어려운 집안 형편에 고등학교만 졸업하고 남들보다 먼저
사회생활을 시작하면서 홀로 자립을 해온 아버지는 25살이
라는 늦은 나이에 스스로의 힘으로 대학에 입학해 그곳에
서 어머니를 만나 결혼까지 한 사람이었다.

그런 아버지가 하는 일은 인터넷 작가다.

인터넷에 글을 연재하면서 수입을 내는데 한때는 대기업
에 다니는 사람보다도 많은 연봉을 벌기도 했지만, 어떤 때
는 그 절반에도 훨씬 못 미치는 수입으로 우리 집 가계 상
황은 매년 예상을 할 수 없을 정도로 들쑥날쑥했다.

그래도 고등학교를 졸업하면서부터 작가 생활을 해온 아
버지는 어린 나이에 일찍 철이 들어 착실하게 돈을 모으는
성격이라 어머니와 결혼을 할 때는 작은 아파트라고 하지
만 본인 소유로 지니고 있었다.

어머니 역시 알뜰하게 살림을 하는 사람이었기에 딱히
우리 집이 남들보다 못산다는 느낌을 받은 적은 없었다.

하지만 아버지가 제대로 일을 하지 못하고 무엇보다 나를 위해 부족하지 않게 뒷바라지를 하다 보니 그동안 알뜰하게 모아둔 돈이 점점 줄어들고 있다는 걸 모르지 않을 수가 없었다.

"안 주무셨어요?"

밤중에 목이 말라 방을 나오니 컴컴한 거실 구석에서 아버지가 노트북을 두드리고 있었다.

낮에 시간이 없으니 가족들이 잠을 자는 한밤중에 일을 하고 있었던 거다.

"왜 나왔어?"

목이 마르다는 말과 함께 부엌으로 가 냉장고에서 시원한 물을 꺼내 마셨다.

그동안에도 아버지는 열심히 노트북 키보드를 두드렸고, 그 모습을 가만히 바라봤다.

지금까지 나와 함께 단 하루도 빠지지 않고 아침과 저녁 운동을 했던 아버지다.

그 덕분인지 170㎝로 작은 키였지만, 꾸준한 운동으로 몸은 탄탄한 아버지였다.

예전에는 몰랐는데 저렇게 늦은 시간까지 일을 하고 아침, 저녁으로 나와 함께 운동을 한다고 생각하니 괜히 걱정이 들었다.

"아버지, 이제부터 저 혼자 아침 운동할게요."

"왜?"

노트북 모니터에 고정되어 있던 아버지의 눈이 나를 향했다.

안경 너머로 보이는 눈동자엔 피곤함이 가득해 보였다.

왜 몰랐을까?

예전에는 그렇게 크게 보였던 아버지가 지금은 너무 작고 왜소해 보였다.

"이제는 저 혼자서도 충분하니까요."

아버지가 피곤해 보인다는 말 따위는 하지 않았다.

은근히 자존심이 센 아버지였기에 그런 소리를 했다가는 아버지를 물로 보냐며 득달같이 달려와 볼을 잡아당길 것이 뻔했으니까.

그리고 실제로 이제는 굳이 아버지가 옆에서 날 도와줄 필요가 거의 없었다.

물론 투구 폼을 봐준다거나, 몇 가지 자세를 지켜봐 줘야 하는 사람이 있어야 했지만 얼마 전 구입한 비싼 카메라가 그 역할을 대신해 줄 수 있을 것 같았다.

"야구는 혼자서 할 수 있는 운동이 아니야."

엉뚱한 소리 하지 말라는 듯 아버지는 노트북 모니터로 다시 시선을 고정시켰다.

맞는 말이다.

야구는 절대 혼자서 할 수 있는 운동이 아니다.

카메라가 투구 폼이나 몇 가지 자세를 봐줄 수는 있어도 내가 던지는 공을 받아줄 순 없다.

실제로 아버지와 함께 가볍게 캐치볼을 하는 건 아침저녁마다 꼭 하는 운동 중 하나였으며, 굉장히 중요한 운동이었다.

단호한 아버지의 말에 어쩔 수 없다는 듯 입맛을 다시고는 거실 소파에 앉았다.

"여기 왜 앉아? 들어가서 자. 운동선수는 몸에 피로가 누적되면 부상으로 직결돼. 꾸준히 운동을 해주는 것만큼 규칙적인 휴식을 꼭 취해야 하는 거다."

"예. 그보다 아버지, 저 에이전시랑 계약하는 게 어떨까요?"

갑작스런 말이었을까?

아버지가 키보드를 두드리다 날 가만히 바라봤다.

"마음에 드는 에이전트라도 있는 거냐?"

아버지의 표정이 살짝 굳어 있었다.

나도 알고 아버지도 안다.

내가 에이전시 계약 이야기를 꺼낸 것이 우리 집 가계 상황을 조금 더 넉넉하게 만들기 위한 소리라는 걸.

며칠 전 아버지가 어머니와 단둘이서 대출을 받을까, 말까 고민했던 모습을 나에게 들켰던 걸 머릿속에 그리고 있음이 분명했다.

　그럼에도 나나 아버지는 그걸 직접적으로 입 밖으로 꺼내진 않았다.

　"알아보니까 에이전시랑 계약을 하면 제 몸 관리도 체계적으로 해주고 좋겠더라고요. 솔직히 아버지도 이제는 제 공 받아주는 게 쉽지 않잖아요? 한 번씩 전력으로 공 던지면 아버지 표정이 돌처럼 딱딱해지는 거 모르시죠?"

　히죽 웃으며 말을 하자 아버지가 큼큼거리며 시선을 돌려 버렸다.

　사실, 정식으로 야구를 배우지도 않은 아버지가 130㎞가 넘는 공을 받기란 절대 쉬운 일이 아니다.

　아무리 익숙해졌다 하더라도 선수가 아닌 이상에야 편안하게 공을 받아주기란 어려웠다.

　"네 공 받는 건 아직 너끈해. 엉뚱한 소리 마."

　"제가 진짜 전력으로 던지면 아버지 못 받아요."

　이건 진심이다.

　공식적으로 알려진 내 구속은 어디까지나 제구가 되는 공의 최고 스피드일 뿐이다.

　제구력을 배재하고 있는 힘껏 공을 던지면 솔직히 나도

얼마나 더 빠른 공을 던질 수 있을지 예측을 할 수 없었다.

아버지가 그런 공을 받는다?

위험한 일이다.

구속을 떠나서 제구가 되지 않는 공을 아버지가 받아내기란 정말 위험한 일이었다.

"네가 벌써 그렇게 됐구나."

아버지의 음성이 묘했다.

허탈한 것 같기도 하고, 대견스러워하는 것 같기도 하고, 아쉬워하는 것 같기도 하고.

상당히 복합적인 감정이 깃들어 있는 목소리였다.

얼굴 표정 또한 다르지 않았다.

따지고 보면 아버지는 나에게 처음으로 야구를 가르쳐준 스승이다.

그런데 이제는 더 높은 곳으로 가려고 하는데 스승이 발목을 잡고 있는 것 같으니 나나 아버지의 입장에서는 그동안 꺼내지 않았던 말이 기어코 터진 것이나 다름없었다.

"에이전시 계약은 고등학교에 입학하고 생각해 보자. 지금 계약을 말하긴 너무 일러."

"알죠. 그래도 에이전시와 미리 계약을 해두면 편하잖아요? 물어보니까 에이전시 소속 코치를 개인 코치로 붙여준다고도 하던데요? 고등학교에 가면 제대로 된 변화구도 배워야 하는데 아무래도 학교에서 배우는 것보다는 개인 코치를 두고 배우는 게 낫질 않겠어요?"

학교 코치나 감독을 무시하는 말이 아니다.

그들의 실력이나 역량도 충분하다는 건 나도 잘 안다.

하지만 한 사람을 집중적으로 가르치는 것과 여러 사람을 가르치는 건 분명 다른 문제다.

무엇보다 배움이라는 건 여러 사람에게 배울수록 좋다는 걸 초등학교 때 알았기에 에이전시에서 개인 코치를 붙여주겠다는 제안은 꽤 매력적인 조건이었다.

"전담 코치를 붙여준다면야 좋은 거지만……."

처음으로 아버지의 음성이 흔들렸다.

에이전시는 반드시 필요한 존재였다.

지금이 아니라 하더라도 고등학교를 졸업하기 전에는 어디와 계약을 하든 할 필요가 있었다.

다만, 지금처럼 꾸준히 실력이 늘어난다면 2년 정도 후엔 계약금부터 시작해서 전체적인 조건이 더 좋아질 수 있기에 서두를 필요가 전혀 없었던 것뿐이다.

"신중하게 생각을 해보고, 정말 좋은 에이전시가 어느 곳인지 더 자세히 알아보도록 하자."

아버지는 온전히 나를 집중적으로 가르칠 수 있는 전담 코치가 생길 수도 있다는 사실 하나에만 마음이 흔들리고 있었다.

만약, 전담 코치가 아니었다면 당장 형편이 어려워진다
하더라도 날 헐값에 계약하려고 하지 않을 것이 분명했다.

"예."

아버지와 대화를 마치고 방으로 들어가기 전 슬쩍 아버
지를 돌아봤다.

깊은 고민에 빠진 사람처럼 어두컴컴한 창밖을 응시하고
있었다.

아버지와 어머니가 조금이라도 더 편해지길 바라는 마음
에서 꺼낸 에이전시 계약 이야기가 고민을 던져 주었다는
사실에 마음이 불편했다.

그래도 언제고 한 번은 꼭 겪어야 할 일이었기에 차라리
잘됐다는 생각도 들었다.


에이전시 계약 문제는 생각보다 쉬운 일이 아니었다.

아버지가 이곳저곳으로 수소문하며 알아보고 다녔지만,
딱히 어느 한 곳을 정하기가 쉽지 않은 듯 보였다.

결국 아버지는 어느 날 저녁, 날 불러놓고 선택을 강요하
셨다.

"TR에이전시에서는 네가 고등학교를 졸업하는 날까지
주 2회 전담 코치를 붙여주겠다고 약속했다. 조건으로는 국

내 신인 드래프트 시장이 아닌 해외 신인 드래프트 시장에 나가야 한다고 못을 박았다. 대신 아메리칸 리그의 최고 팀들과 연결을 해줄 수 있다고 했다. 더불어 네가 해외 생활에 불편함이 없도록 계약과 동시에 영어 선생님도 보내준다고 했다. 계약 기간은 5년이고, 계약금은 3억을 제시했다. 에이전시 수수료로는 계약금의 10%, 연봉 총액의 15%다. 다른 조건은 모두 좋지만, 해외 신인 드래프트 시장에만 나가야 한다는 게 조금 마음에 걸린다. 네 생각은 어떠냐?"

"아버지와 같은 생각이에요. TR에이전시는 왜 해외 드래프트를 고집하는 거죠?"

내 물음이 너무 순진했기 때문인지, 아버지가 피식 웃었다.

"국내 팀과 해외, 특히 메이저리그 팀과는 계약 규모 자체가 하늘과 땅 차이니까 그렇지. 널 조금이라도 더 비싸게 팔아먹어야 많은 수수료를 받을 수 있지 않겠냐?"

"아……."

에이전시도 결국은 먹고 살아야 하는 문제니 딱히 그 부분이 나쁘다고 비난을 할 순 없었다.

"두 번째로 아버지가 고른 곳은 YJ에이전시다. 전담 코치는 고교 졸업 때까지 주 1회밖에 붙여줄 수 없다고 했지만,

그 어느 곳보다도 대단한 사람을 코치로 붙여주겠다고 자신했다. 계약 기간은 마찬가지로 5년이지만, 계약금은 1억밖에 줄 수 없다고 했다. 대신 국내든 해외든 어느 곳이든 네가 원하는 드래프트 시장에 나갈 수 있도록 적극적으로 협조를 한다고 했고, 수수료도 계약금, 연봉 총액 모두 10%로 합의를 봤다."

"계약금이 TR보다 적네요?"

"계약금은 신경 쓸 것 없다. 중요한 건 네게 붙여줄 수 있는 전담 코치가 누구며, 얼마나 성심성의껏 널 신경 써주느냐니까. YJ에이전시도 네가 원하면 개인 영어 선생님을 보내줄 수 있다고 했다."

아버지의 말에 알겠다는 듯 고개는 끄덕였지만, 당장 계약금이 많길 바라는 내 입장에서는 YJ에이전시에서 조금만 더 계약금을 썼으면 하는 바람이 들었다.

그렇다고 그걸 입 밖으로 꺼내면 아버지가 불같이 화를 낼 수도 있었기에 그저 속으로만 불만을 터트릴 뿐이었다.

"많은 곳 중 네가 해외로 진출했을 경우를 따져 봤을 때, 네가 운동에만 전념을 할 수 있도록 지원을 해줄 수 있는 곳이 이곳 두 곳이라 판단됐다. 평판도 나쁘지 않았기에 굳이 에이전시 계약을 해야 한다면 이 두 곳 중 한 곳과 했으면 한다. 결정을 네가 직접 내리도록 해라."

쾌 두툼한 서류를 내 앞으로 내밀고 아버지가 한결 편안해진 얼굴로 소파에 등을 기댔다.

결정하기 힘든 선택권을 내게로 던져 놓은 아버지의 모습이 한편으로는 야속하게 보였지만, 그 많은 곳들 중 두 곳으로 압축한 것만 하더라도 얼마나 고생했을지를 생각하면 마지막 최종 결정은 내가 해도 나쁘지 않을 것 같았다.

결정적으로 아버지가 내게 이런 선택을 강요한 이유를 난 어렴풋이 짐작하고 있었다.

국내에서 시작할 것인가.

해외에서 시작할 것인가.

아버지는 나에게서 그걸 확인하고 싶은 거다.

*        *        *

"투수에게 있어서 변화구가 뭐라고 생각하지?"

변화구의 정의라도 묻고 싶은 걸까?

그렇다면 대답해 주지 못할 이유도 없었다.

투수에게 있어 변화구란 타자라는 맹수에게서 타격 타이밍을 빼앗는 강력한 무기다.

투수와 타자의 수 싸움에 있어 변화구라는 건 절대적인

존재니까.

"변화구를 단순한 타이밍을 빼앗는 구질이라고만 여긴다
면 틀렸다."

틀렸다는 말에 눈앞의 남자를 가만히 바라봤다.

제법 큰 키에 체격이 좋은 남자였다.

49살이라고 했던가?

얼굴은 나이보다 서너 살은 더 들어 보였다.

남자의 말을 가만히 기다렸다.

"투수에게 변화구는 투구를 쉽게 해줄 수 있는 유일한 무
기다. 같은 의미 같지만 자세히 생각하면 다르다. 많은 이
들이 변화구의 목적을 타자의 타격 타이밍을 빼앗는 구질
이라고만 여긴다. 물론 틀린 말은 아니다. 하지만 투수가
진짜 변화구를 배워야 하는 이유는 투구의 여유를 주거나,
위기를 벗어나기 위한 결정구의 역할을 하기 때문이다. 병
살타를 만들기 위해선 어떤 구질이 가장 효율적이지? 뜬공
을 만들어 낼 수 있는 가장 효과적인 변화구는 뭐지? 그라
운드 위에서 아웃 카운트를 만들어 내는 존재는 다른 누구
도 아닌 투수 한 사람뿐이다. 야수들은 그런 투수를 보조해
주는 역할을 할 뿐. 모든 아웃 카운트를 창조해 내는 역할
은 오직 투수만이 할 수 있다. 그렇기에 투수는 보다 효율
적으로 아웃 카운트를 만들어내기 위해 변화구를 익히는

것이고, 그것이 곧 투수의 투구를 쉽게 가져갈 수 있도록 하는 거다."

지금까지 내가 생각하고 있었던 변화구에 대한 정의를 뿌리째 흔들어 놓는 말이었다.

변화구는 오직 타격 타이밍을 빼앗아 헛스윙을 유도하거나, 스트라이크 카운트를 늘리는 결정적인 역할의 구질이라고만 생각해 왔기 때문이다.

보통 우리가 흔하게 볼 수 있는 멋진 변화구의 명장면들은 타자가 허무하게 배트를 휘두르며 삼진을 당하거나, 꼼짝도 못 하고 속수무책으로 루킹 삼진을 당하는 그런 장면들뿐이니까.

"투수에게 있어서 가장 완벽한 변화구가 뭐라고 생각하지?"

투수에게 있어서 가장 완벽한 변화구라.

세계 3대 마구라 불리는 자이로볼, 스크류볼, 너클볼 정도이려나?

하지만 그런 뻔한 대답을 바라는 것이 아니라는 걸 알 수 있었기에 가만히 생각하다 한 가지 구질을 떠올렸다.

"커브라고 생각합니다."

"어째서 커브라 생각하지?"

"가장 최초로 생긴 변화구니까요."

"단지 그것 때문에 커브를 가장 완벽한 변화구라 생각하는 거냐?"

"모든 투수가 던질 줄 아는 변화구이기도 하죠. 하지만 정말 제대로 구사하는 투수는 손에 꼽힐 정도로 적다는 것도 제가 커브를 꼽은 이유죠."

남자가 슬쩍 웃으며 손에 쥐고 있던 야구공을 손바닥 위에서 이리저리 돌리며 장난쳤다.

"맞다. 커브야말로 투수에게 있어서 가장 완벽한 변화구다. 네 말대로 세상 그 어떤 투수라도 커브 한 종류 정도는 던질 줄 안다. 하지만 정말 제대로 된 커브를 던질 줄 아는 투수는 결코 많지가 않다. 스트라이크 존 안으로 들어오는 걸 알면서도 못 친다고 부르는 공이 바로 커브다. 커브에도 종류가 여럿 있다. 무엇을 배우든 제대로만 구사하면 그어떤 변화구도 부럽지 않을 거다. 하지만 제아무리 대단한 커브를 배워도 위력적인 직구를 구사하지 못한다면 아무런 소용이 없다. 그렇기에 난 네가 정말 위력적인 직구를 던질수 있다 판단이 들 때 비로소 커브를 가르칠 거다. 여기에 불만 있나?"

반박하지 않았다.

할 필요가 없었으니까.

제대로 된 직구도 못 던지는 투수가 변화구를 배우겠다

는 건 우스운 일이다.

나 역시 누구나 인정하는 직구를 던지지 못하면서 변화구를 배울 생각은 손톱만큼도 없었다.

변화구가 아무리 대단하다 하더라도 위력적인 직구 앞에서는 한 수 접어줘야 한다.

돌려 말하면 위력적인 직구가 있기에 변화구마저 위력적으로 느껴지는 것이다.

직구는 변화구를 돋보이게 해주지만, 변화구는 결코 직구를 돋보이게 해주지 못한다.

그게 직구와 변화구의 가장 결정적인 차이점이다.


전담 코치가 생겼다.

이름은 최상호.

한국 프로 야구 에이스로 간판 투수였고, 지금처럼 자유로운 이적 시스템이 생겨나기 이전 노예처럼 국내 프로 리그에서 공을 던지다 이십 대 후반이 되어서야 메이저리그로 건너간 투수.

괴물들만의 리그라 불리는 메이저리그에서도 최상호는 실력 하나만으로 당당히 선발 자리 하나를 꿰차며 6년 동안 통산 70승을 쌓고 멋지게 은퇴를 했다.

메이저리그라는 괴물들이 우글거리는 세계 최대 프로 리

그에서 최상호는 매년 10승 이상을 달성하며 팀 내 간판 투수 중 한 명이 되었다.

그런 그가 돌연 6년 만에, 그것도 모든 야구 선수가 손꼽아 기다리는 FA가 시작됨과 동시에 은퇴를 선언해서 미국은 물론, 한국의 야구팬들까지도 충격에 빠트렸다.

당시 최상호는 꽤 많은 팀에서 군침을 흘리는 투수였고, 실제로도 4년 8천만 달러라는 나이에 어울리지 않는 초대박 계약을 제안받기도 했었다.

그럼에도 최상호는 제안을 거절하고 은퇴를 해버렸다.

"변화구는 투수에게 있어 투구를 쉽게 해줄 수 있는 유일한 무기지만, 대신 투수의 시간을 빠르게 갉아먹는 치명적인 구질이기도 하다. 투수에게 있어 어깨는 개인의 차이가 있지만, 분명히 그 누구도 거부할 수 없는 한계가 정해져 있는 소모품이다. 어깨뿐만이 아니다. 팔꿈치와 손목 역시 마찬가지다. 특히, 많은 변화구를 던질수록 투수의 팔꿈치와 손목은 빠르게 소모되고, 더불어 신체에 조금씩 피로가 누적되어 천천히 후유증이 나타난다가 어느 날 갑자기 폭탄처럼 터져 버린다. 천천히 진행되든, 한순간 터져 버리든 그때는 이미 투수로서의 인생이 내리막 내지는 끝이 났다고 봐야 한다."

말을 하는 최상호 코치는 씁쓸하게 웃고 있었다.

한국 토종 에이스로 각광받으며 프로 리그를 평정했던 그는 한 살이라도 젊을 때 메이저리그에 도전을 하고 싶어 했지만 아쉽게도 한국야구위원회(KBO)의 규율에 가로막히고, 구단에서도 그를 놓아주질 않았다.

겨우 규율과 구단에서 풀려났을 때는 이미 이십 대 후반.

적지 않은 나이에도 불구하고 당당히 메이저리그 투수로서 훌륭한 커리어를 쌓았지만, 진정한 돈방석이라 부를 수 있는 FA 직전에 자신의 어깨가 완전히 망가졌다는 사실을 알곤 은퇴를 할 수밖에 없었다.

34살이라는 다소 젊은 나이에 은퇴를 한 최상호 코치는 국내로 돌아오지 않았다.

많은 야구팬이 그에 대한 소식을 궁금해했지만 그가 무엇을 하는지는 전혀 알려지지 않았고, 10년이 훌쩍 지난 어느 날 갑자기 전 세계 야구판을 뒤흔들 소식과 함께 그의 이름 최상호가 다시금 알려졌다.

국제야구연맹인 IBAF는 세계 야구 발전과 부흥을 위해 몇 가지 놀라운 내용을 발표했는데, 가장 많은 반발을 받으면서도 가장 많은 호응을 받은 것이 바로 '서비스 타임제 폐지', '자유 이적 허용', '신인 드래프트제', '페이롤제 폐지', '40인 로스터제', '8월 웨이버 트레이드제 변경' 등이 있었다.

대다수 발표 내용이 미국 메이저리그를 타깃으로 잡고 있었는데, 그럴 수밖에 없는 게 현재 프로 야구 리그 중 '갑'이 바로 메이저리그였으니까.

그 때문에 메이저리그 사무국에서는 결사반대를 외치며 국제야구연맹과 등을 돌리겠다는 초강수까지 뒀지만, 일부 국가만의 프로 스포츠인 야구를 축구처럼 전 세계 스포츠로 발돋움하려는 국제야구연맹의 야심찬 계획은 메이저리그 사무국이라 하더라도 막을 수가 없었다.

국제야구연맹의 폭탄 발표를 못마땅하게 여기는 건 한국야구위원회(KBO)와 일본프로야구기구(NPB) 역시 마찬가지였다.

미국, 한국, 일본의 사무국이 똘똘 뭉치자, 보란 듯이 선수들이 하나의 목소리를 내기 시작했다.

더불어 이번 국제야구연맹의 은밀한 후원자였던 에이전시 역시도 선수들에게 힘을 주면서 전 세계 프로 야구가 동시 다발적으로 중단되는 초유의 사태까지 벌어졌다.

세계가 들썩였다.

야구라는 프로 스포츠는 일부 국가에서만 인기를 얻고 있었지만, 막대한 돈이 오가는 스포츠인 만큼 전 세계의 관심을 이끌었다.

거기에 더해 천문학적인 연봉을 받는 초대형 스타들이

앞장서서 국제야구연맹을 지지하며 전 세계인들에게 야구 발전을 호소하자 여론이 빠른 속도로 움직이며 사무국에 대한 무수한 비난과 비판이 쏟아졌고, 은근히 그들을 지지하던 몇몇 프로 구단은 이제까지 볼 수 없었던 팬들의 격렬한 항의에 스리슬쩍 발을 빼버리기 시작했다.

장장 6개월에 걸린 치열한 싸움은 끝내 국제야구연맹의 승리로 끝이 나고 말았다.

어차피 이건 싸움이 되지 않는 싸움이었다.

사무국이 어떠한 이유를 대며 결사반대를 외친다 하더라도 이미 사람들의 눈에 그들은 자신들의 권력과 이익을 위해서만 행동하는 악의 무리로밖에 보이질 않았다.

결국 야구 선수라면 누구나 손꼽아 기다리는 FA제도가 폐지되었고, 팀 간 자유로운 이적이 허용되는 초창기 시절로 돌아갔다.

일부에선 돈 많은 인기 구단이 실력 있는 선수들을 모조리 끌어모을 수 있다는 우려의 목소리도 있었지만, 반대로 생각하면 돈이 부족한 구단의 경우 드래프트를 통해 유망주를 발굴, 좋은 선수로 키우기만 하면 얼마든지 천문학적인 이적료를 챙길 수 있으니 마냥 한쪽만 이익을 보는 구조라고는 보기 힘들었다.

무엇보다 신인이라 하더라도 다년 계약을 맺어 안정적인

생활을 하며 운동에만 전념할 수 있고, 실력을 쌓으면 훨씬 더 많은 돈을 받고 다른 구단으로 이적이 가능하니 환영할 일이었다.

무엇보다 한국, 일본의 프로 선수들은 해외 진출이 자유로워짐으로써 자신의 꿈에 도전하는 일이 상대적으로 쉬워졌고, 국제야구연맹의 활발한 활동으로 인해 그동안 등한시되어 왔던 야구가 세계 각 나라에서도 하나둘 본격적으로 보급이 되기 시작했다.

본격적인 야구 세계화의 시작이었다.

몇 년 후 이런 엄청난 야구 혁명을 위해 최상호 코치가 불철주야 노력을 했다는 사실이 알려졌다.

그가 한 노력들이 무엇인지 자세히 알려지지 않았으며, 본인 스스로도 말을 꺼내지 않았지만, 장장 10년이 넘는 시간 동안 굉장히 많은 사람을 만나며 국제야구연맹을 부추겼다는 사실은 야구계 관계자들이라면 모르는 사람이 없었다.

그런 엄청난 사람이 한 에이전시 이사로 활동하며 지금은 날 위해 전담 코치직을 수행 중이었다.

"내게서 변화구를 배운다 하더라도 네가 가진 진짜 위력적인 구질은 오직 직구 하나라고 여겨라. 21세기에 들어서데이터 야구가 판을 치고 있지만, 난 단 한 번도 데이터 야구를 해본 적이 없다. 자신의 구질에 자신이 있는 투수라면 데이터 따윈 언제든 무시하고 오직 내가 던질 수 있는 최고의 공을 칠 테면 쳐보라는 식으로 던지면 된다. 그게 진짜 투수다."

최고 154㎞의 강속구에 다양한 변화구를 구사할 줄 알았던 최상호 코치였지만, 그는 실제로 한가운데 직구를 꽂아 넣는 일이 굉장히 많았다.

말 그대로 홈런을 치든, 안타를 치든 마음대로 해보라는 식으로 던지는 강력한 직구였는데 우습게도 작정하고 던진 한가운데 공이 피홈런 비율과 피안타 비율이 가장 낮았다.

멋있는 투구다.

진짜 투수다운 투구이기도 했다.

아버지와 나 역시 물러서지 않는 투수를 지향하고 있었기에 내 앞에 서 있는 최상호 코치는 내게 있어 가장 완벽한 코치였다.

"고등학교에 입학하기 전까지 난 네게 최고의 직구만을 가르칠 거다."

최상호 코치의 말에 몸이 뜨겁게 달아오르는 흥분감이 느껴졌다.

그리고 이때가 내 인생의 방향이 확실하게 정해진 시기

였다.

* * *

뜨거운 여름 태양 아래 운동장을 뛰는 건 굉장한 고역이다.

다른 걸 다 떠나서 숨이 턱턱 막힐 정도로 뜨거운 열기 속에서 러닝을 하는 건 정말이지 대단한 체력과 정신력을 지니지 않고서야 쉽게 할 수 없는 일이다.

하루에 2시간.

비가 와도 눈이 와도 빼놓지 않고 뛰었다.

러닝을 본격적으로 시작한 건 초등학교에 입학하면서부터였다.

30분을 뛰었고, 서서히 시간을 늘려 나갔다.

중학교 3학년이 된 지금은 2시간을 뛰고 있었다.

그나마 다행이라면 2시간 이상 러닝 시간이 늘어날 확률이 없었다.

2시간 이상의 러닝은 오히려 하루 일과를 망칠 수 있었으니까.

선발 투수에게 가장 중요한 게 바로 체력이다.

아무리 위력적인 강속구를 던지고, 마구 수준의 변화구

를 던질 줄 안다 하더라도 긴 이닝을 책임지며 마운드 위에서 공을 던지려면 체력은 반드시 필요한 부분이다.

현대 야구에서 선발 투수의 한계 투구수는 대략 100구를 기준으로 잡는다.

사람에 따라 더 많은 공을 던지기도 하고, 적게 던지기도 하지만 평균적으로 선발로 등판한 투수가 한 경기에서 충분히 던졌다 싶은 투구수는 100구 정도다.

많은 것 같지만 실제 게임이 어떻게 돌아가느냐에 따라서 9이닝을 완투할 수도 있고, 5이닝도 책임지지 못하고 마운드를 내려와야 할 수도 있다.

산술적으로 따져 삼진으로 모든 타자를 잡는다 하더라도 9이닝 동안 던진 투구수가 81개다.

이건 한 타자당 3구만 던졌을 때의 일이고, 실제로 볼을 던지거나 타자가 파울을 치거나 고의적으로 커트하는 공까지 따지면 선발 투수가 던지는 100개의 공은 절대 여유 있는 투구수가 아니다.

세상 그 어떤 투수도 첫 번째 공과 백 번째 공을 같은 위력으로 던질 순 없다.

투구수가 많아질수록 공의 구위가 하락하는 건 절대 막을 수 없는 문제다.

그렇기에 모든 투수들은 체력을 길러 최대한 구위를 유

지하려 노력한다.

또 하나 체력을 길러야 하는 가장 결정적인 이유는 부상을 방지하기 위함이다.

체력이 떨어지면 투수는 자연적으로 본래의 구위를 어떻게든 유지하려고 무리해서 공을 던지게 되는데, 그때 가장 많은 부상을 입게 된다.

또 체력이 떨어지면 투구 시 몸의 밸런스가 깨지며 부상을 입는 경우도 아주 흔한 일이라, 투수에게 체력 트레이닝은 절대 빼놓을 수 없다.

"하아, 하아……."

슬쩍 손목에 찬 시계를 바라보니 2시간 러닝이 끝나 있었다.

서서히 달리던 속도를 줄여 나갔고 끝내는 천천히 운동장을 걷기 시작했다.

걸으며 어깨를 풀었고 팔꿈치와 손목도 부드럽게 회전시키며 근육을 풀어줬다.

마지막으로 그늘진 나무 아래에 서서 스트레칭으로 러닝의 마무리 운동을 마쳤다.

스트레칭을 마치고 그대로 나무에 등을 기대고 앉았다.

어느덧 중학교 3학년 생활도 절반 가까이 지나가고 있었다.

올해도 작년과 마찬가지로 명성 중학교의 에이스로 전국 중학 야구선수권 대회에 참가했고, 팀 우승과 최우수선수 상을 다시 한 번 받음으로써 2연패의 위업을 달성한지도 어느덧 일주일이나 지나 있었다.

작년보다 빠르게 발표된 전국 중학 야구 선수 랭킹에서 투수 부문과 유망주 부문 1위 자리를 굳건하게 지켜냈다.

그 때문인지 작년보다 훨씬 더 많은 고교, 국내외 프로 구단의 러브콜을 받고 있었다.

그런 상황 속에서 내가 선택한 것은 고교 입학이고, 그 대상 학교는 고교 최강이라 불리는 일석 고등학교였다.

아버지와 날 3개월째 가르치고 있는 최상호 코치 역시 내 선택을 존중해 주었다.

처음에는 고교 넘버원인 일석 고등학교가 아닌 전국대회 나 겨우 나갈 수 있을 팀을 선택할까 싶기도 했다.

단순한 치기였다.

실력 없는 학교에 입학해서 내 힘으로 전국대회 우승이라는 평생 잊을 수 없는 성취감을 갖고 싶었기 때문이다.

하지만 이런 내 생각은 단순한 치기일 뿐이었다.

야구는 절대 혼자서 할 수 없는 운동이다.

아무리 리그를 씹어 먹을 수 있는 최강의 에이스 투수가 있다 하더라도 타선이 약한 팀, 기본 수비가 안 되는 팀은 절대 우승 언저리에도 갈 수 없다.

투수는 최전방에서 상대 팀의 공격을 방어해 내는 방패다.

야구라는 스포츠는 막기만 해선 승리를 할 수가 없다.

아무리 완벽하게 막아낸다 하더라도 최상의 결과는 무승부일 뿐이다.

공격을 이끌어 나가는 타선이 제 힘을 발휘하지 못하면 평생 무승부로 끝이 나고 만다.

어정쩡한 실력을 지닌 고등학교에 입학했다간 화려한 중학교 시절과는 다르게 고등학교 3년 내내 변변한 커리어 하나 쌓지 못할 가능성이 더욱 컸다.

그러느니 아예 고교 넘버원이라 불리는 최강 일석 고등학교에 진학해 당당히 에이스로 우뚝 서는 게 나을 것 같았다.

누가 봐도 엘리트 코스의 전형이었고, 누구나가 바라는 인생의 비단길이다.

세상은 고난과 역경을 이겨내며 정상에 선 사람을 존경스럽게 바라보지만, 대다수의 사람들은 엘리트 코스를 밟아 정상에 선 사람을 더욱 동경한다.

딱히 동경을 바라는 건 아니고, 그저 누구나가 감탄할 만큼의 가장 화려한 커리어를 완성시켜 보고 싶을 뿐이었다.

그러기 위해선 당장 다음 달에 열리는 한국 프로 야구 협회에서 주관하는 대회가 우선이다.

전국중학 야구선수권 대회처럼 작년에 이어서 올해도 팀 우승과 최우수선수상을 수상하며 중학 야구의 역사를 새로 쓸 작정이었다.

절대 쉬운 일이 아닐 거다.

모든 학교에서 명성 중학교와 날 견제할 것이 분명했고, 무엇보다 다른 학교의 에이스들처럼 변화구를 전혀 던지질 않는 나였기에 예상외로 난타를 당할 수도 있었다.

그럼에도 변화구에 대한 갈망은 조금도 없었다.

"올해까지만."

직구다.

칠 수 있으면 얼마든지 쳐 보라는 식으로 강력한 직구를 던져 줄 거다.

난타를 당하면 내 직구가 통하지 않는다는 걸 알 수 있고, 그렇지 않다면 여전히 또래 중 어느 누구도 제대로 칠 수 없는 직구를 던진다는 걸 확인할 뿐이다.


\*      \*      \*


퍼엉!

"스트라이크! 아웃!"

심판의 우렁찬 목소리를 들으며 난 두 손을 번쩍 들었다.

어느 누구도 이루지 못했던 대회 2연패였다.

동기와 후배들이 마운드로 달려오며 환호성을 내질렀고, 감독과 코치 역시 기쁨을 감추지 않았다.


―대단합니다. 이것으로 명성 중학교는 사상 첫 한국 프로 야구 협회에서 주관하는 'KBO중학 야구대전' 에서 2년 연속 우승을 일궈냈습니다. 명실상부 명성 중학교가 중학 야구 최강임을 입증하는 날입니다. 명성 중학교 대단합니다. 작년까지만 하더라도 중학 야구 1, 2위를 다투던 동학 중학교와 백석 중학교를 8강과 4강에서 모두 격파하면서 손쉽게 결승전에서 우승을 차지했습니다.

―그렇습니다. 하지만 여기서 우리가 주목해야 할 건 작년 대회에 이어 올해 대회에서도 최우수선수상이 확실시 되는 차지혁 선수입니다. 사실상 차지혁 선수가 선발로 등판해서 마운드를 지켜주지 않았다면 과연 명성 중학교가 대회 2연패를 달성했을지 의문이 드는 건 사실입니다. 야구라는 종목 자체가 워낙 투수에 의해 승패가 좌우되는 경향이 큽니다. 특히 중고교 야구는 그 편차가 더욱 심한 편이라 올해를 마지막으로 졸업을 하게 되는 차지혁 선수가

없는 명성 중학교가 내년에 어떤 성적을 거둘지가 중요합니다.

―맞는 말씀이십니다. 그만큼 차지혁 선수가 차지하는 명성 중학교의 전력이 대단히 크다는 말씀이지 않습니까?

―물론입니다. 이번 대회에서도 보았다시피 차지혁 선수는 중학생이라고는 믿을 수 없을 정도로 압도적인 피칭으로 말 그대로 대회를 초토화시켰습니다. 무엇보다 놀라운 사실은 차지혁 선수는 아직 중학생임에도 불구하고 꾸준한 피칭 능력을 선보이고 있다는 것과 오직 직구 단 하나의 구종만을 던진다는 사실입니다. 솔직히 바람직한 상황은 아닙니다만, 요즘은 중학교 때부터 팀의 에이스라 불리는 선발 투수들이라면 2가지 이상의 변화구나 변형 패스트볼을 구사하지 않습니까? 반면 차지혁 선수는 오직 직구라는 단 하나의 구종만으로 타자를 상대하면서도 평균자책점 1점대를 유지했습니다.

―굉장한 일이지요.

―정말 굉장한 일입니다. 차지혁 선수의 재능이 대단한 것도 있겠지만, 이미 많은 분들이 알고 있다시피 차지혁 선수의 평소 운동량이 대단하다고 알려지지 않았습니까? 이걸 생각해 본다면 많은 선수들이 본받아야 할 바람직한 모습입니다. 더불어 차지혁 선수는 본능적으로 컨디션을 조

절할 수 있는 능력을 갖췄다고밖에 볼 수 없으니 투수로의
재능은 타고났다고밖에 표현할 말이 없습니다.

─좋은 말씀이십니다. 차지혁 선수는 야구 선수로서의
성장 과정의 정석이라 할 정도로 모범적인 사례라 할 수 있
습니다. 그렇기에 앞으로 차지혁 선수가 어떤 모습으로 성
장하게 될지 더욱더 기대가 되는 것 아니겠습니까?

─정말 기대가 되는 선수입니다. 개인적으로도 차지혁
선수가 얼마나 대단한 투수로 성장하게 될지 흥분이 될 정
도입니다. 지금처럼 위력적인 직구를 더욱 가다듬고 거기
에 변화구까지 더한다면 굉장할 것으로 기대가 됩니다.

─조금은 이른 말일지 모르지만, 향후 메이저리그를 평
정하는 자랑스러운 대한민국의 투수를 볼 수도 있는 것 아
니겠습니까?

─제가 하고 싶은 말이 그겁니다. 현재 차지혁 선수의 전
담 코치로 있는 최상호 씨의 경험이 고스란히 전해진다면
메이저리그 마운드 위에 우뚝 서서 메이저리그 타자들을
압도하는 차지혁 선수의 모습도 결코 상상만은 아닐 겁니
다.

─박인수 해설위원께서 말하신 최상호 씨라면 메이저리
거였던 토종 에이스 최상호 선수를 말씀하시는 겁니까?

─그렇습니다. 올해부터 차지혁 선수를 개인적으로 가르

치고 있다는 이야기를 들었습니다.

ㅡ최상호 선수라면 정말 대단한 투수였죠. 차지혁 선수에겐 황금 같은 기회가 주어졌다고 할 수 있겠습니다.

ㅡ차지혁 선수라면 분명 많은 것을 배울 수 있을 겁니다. 그리고 그것이 모든 야구 관계자들의 바람이기도 합니다.

전국중학 야구선수권 대회에 이어 KBO중학 야구대전에서도 우승과 동시에 최우수선수상을 수상함으로써 중학생으로서 가질 수 있는 모든 영광과 커리어를 쌓을 수 있었다.

하지만 마냥 기뻐할 수만은 없었다.

작년보다 높아진 평균자책점 때문이었다.

중학생으로서 1점 대 평균자책점을 유지했다는 사실이 기록적이긴 했으나, 확실히 직구 하나만으로는 완벽한 투수가 될 수 없다는 사실을 절감했다.

그나마 위안거리라면 이번 대회에서 최고 구속이 139㎞까지 나오면서 140㎞를 목전에 뒀다는 점이다.

지금의 발전 속도라면 고교 입학 전에 140㎞를 넘길 수 있을 것 같았다.

이후 커브를 익히면 확실히 한 단계 더 발전할 수 있을 것 같았다.

그 여느 때보다도 뜨거웠던 여름이 지나고, 시원한 바람이 불어오는 가을이 언제 지났나 싶을 때 어느덧 눈발이 거세게 휘날리는 겨울이 되어 있었다.

그렇게 중학교를 졸업했고, 봄이 되자 전국 최강이라 불리는 일석 고등학교에 입학했다.

Chapter 3

　전국 최강 넘버원 고교 야구부.

　1990년도에 야구부가 설립된 일석 고등학교는 7년 동안 이름조차 제대로 알리지 못할 정도로 형편없는 야구부였다.

　1997년도에 들어서 야구부가 서서히 이름을 알리기 시작했는데, 그 중심에는 한국 프로 야구 사상 세 손가락 안에 들어가는 전설이 되어버린 투수 황종연이 있었다.

　프로 생활 15년 동안 무려 255승이라는 경이적인 승수를 쌓은 이 위대한 투수가 바로 일석 고등학교 출신이다.

황종연을 시작으로 권준혁, 이정범, 양천일, 석지환, 오영, 구영수 등등 대스타가 되는 선수들이 모조리 일석 고등학교에서 배출되었다.

　7년 동안 무명의 야구부였던 일석 고등학교는 황종연을 시작으로 전국에 이름을 알리기 시작했고, 그 유명세로 인해 중학 야구 유망주들을 하나둘 영입하더니 어느 순간부터는 고교 넘버원이 되어 있었다.

　그렇게 명문의 반열에 올라서자 일석 고등학교는 더욱더 많은 유망주를 싹쓸이하며 고교 야구의 절대 강자로 군림하고 있었다.


　"너! 왜 머리 안 밀었어?"

　"죄송합니다!"

　"내일까지 머리 밀어."

　"네!"

　일석 고교 야구부에는 실력만큼이나 유명한 것이 있는데, 그게 바로 극도로 짧은 헤어스타일, 푸르스름하게 두피가 보일 정도의 삭발이었다.

　더불어 요즘은 보기 드물다는 선후배 서열 역시 상당히 엄격했다.

　운동부에서 선후배 서열이 엄격한 건 당연한 소리지만,

시대가 변하면서 그 강도가 줄어들거나 거의 퇴색되는 경우가 많았다.

그럼에도 불구하고 일석 고교 야구부는 아직까지도 굉장히 엄격한 선후배 서열 관계로 인해 일부에선 시대를 역행하는 꼴통 집단이라 불리기도 했지만, 그런 조롱에 흔들릴 정도로 일석 고교 야구부는 가볍지 않았고 오히려 선후배 관계가 끈끈하기로 유명했기에 모든 졸업생과 재학생들은 오히려 자신들의 규율과 전통을 자랑스럽게 여겼다.

"차지혁?"

"네."

"잘 부탁한다."

3학년 선배이자 일석 고교 야구부 주장 유한석은 초고교급이라 불리며 전국 고교야구 선수 랭킹 투수 부문 1위이자, 전체 유망주 부문 1위인 선수다.

최고 구속 154km의 묵직한 직구에 당장 프로에서도 써먹을 수 있다는 슬라이더와 체인지업을 던지는 유한석은 내가 이루고 싶은 고등학생으로서의 커리어를 모두 이뤄놓은 선배였다.

소문에 의하면 유한석은 고교 졸업 후, 곧바로 해외 신인 드래프트 시장에 나간다고 했다.

국내보다는 해외에서 프로 선수 생활을 하기로 마음을

먹은 거다.

"작년에 에이전시 계약했다면서?"

"네."

이어서 유한석은 다른 1학년 신입생에게도 에이전시 계약을 했거나, 계약을 진행 중인 사람이 있으면 손을 들어보라고 했고, 내 생각보다 훨씬 많은 열두 명이나 되는 동기들이 손을 들었다.

"팀의 주장이자 선배로서 미리 충고하는데, 에이전시라는 방패를 믿고 철없이 행동하는 건 용납하지 않는다. 우리 일석 야구부에서 에이전시와 계약하지 못할 선수는 단 한 명도 없다. 여긴 일석 야구부다. 한 지역에서 최고라 평가를 받지 않으면 결코 들어올 수 없는 명문 중의 명문이다. 나만 잘났다는 생각을 가지고 있다면 당장 다른 학교로 가라. 우리는 일석 야구부다! 최고의 재능을 가진 최고의 유망주만이 모여 있는 전국 최강 넘버원 고교다! 알겠나!"

"예! 알겠습니다!"

묘한 간질거림이 심장에서 느껴졌다.

명성 중학교에서는 결코 느껴보지 못한 묘한 소속감이 온몸을 타고 흐르는 것 같았다.

중학 시절과는 분명 아주 크게 다른 야구부 생활을 할 것만 같았다.

"반갑다, 차지혁! 난 장형수라고 한다!"

도대체 키가 몇이야?

어느덧 182㎝를 넘겨 버린 나보다 훨씬 더 커 보이는 녀석이 큼지막한 손을 내밀었다.

"네 소문은 정말 많이 들었다. 네가 그렇게 빠른 공을 던진다면서? 벌써부터 네 공을 받을 생각하니까 괜히 두근거린다. 흐흐!"

생각났다.

작년 전국 중학 야구 선수 랭킹 포수 부문 1위를 차지한 장형수.

강한 어깨와 포수 블로킹 능력이 굉장히 빼어나고, 무엇보다도 타격에 엄청난 재능을 가지고 있어서 그렇지 않아도 포수 기근 현상이 심각한 국내외 모든 프로 구단의 갈증을 단박에 풀어줄 포수 유망주로 꽤나 기대받고 있는 녀석이었다.

190㎝를 훌쩍 넘길 것 같은 큰 키에 얼마나 웨이트를 했는지 절대 고등학교 1학년으로 보이지 않는 체격은 확실히 피지컬적인 측면에서는 모든 감독들이 침을 흘릴 만했다.

전국대회에서는 만난 적이 없지만 녀석의 이름은 제법 자주 들을 수 있었다.

"3연타석 홈런왕?"

"내가 좀 유명하긴 하지! 흐흐!"

커다란 덩치에 어울리지 않는 익살스러운 웃음이었다.

장형수는 작년 전국대회에서 소속 야구부가 8강전에서 떨어졌음에도 불구하고 대회 홈런왕 타이틀을 따냈는데, 무엇보다 놀라운 기록은 3연타석 홈런을 터트렸다는 점이다.

더욱 놀라운 사실은 홈런왕을 차지할 정도의 파워에다 정교함까지 갖추고 있다는 소문이 자자했다.

"어? 박주천이다! 어이! 박주천~!"

장형수는 운동장 한쪽에서 스트레칭을 하고 있는 신입생을 가리키며 반갑게 손을 흔들어댔다.

그러나 상대는 장형수를 발견하자 얼굴을 잔뜩 일그러트리고는 아예 몸을 돌려 버렸다.

"저 녀석이야."

무슨 소리냐는 듯 장형수를 바라보자 녀석이 익살스럽게 웃으며 말했다.

"나한테 3연타석 홈런 맞은 투수. 흐흐!"

그래서 저런 반응이었구나.

박주천이라는 이름도 낯설지 않았다.

곧바로 기억을 해냈다.

백석 중학교 에이스 박주천.

아쉽게도 나와는 붙어보질 못했다.

작년 KBO중학 야구대전 4강에서 백석 중학교와 만났지만, 8강전에서 박주천이 완투를 하고 몸에 이상 신호가 와서 4강 경기에는 출전을 하지 못했던 거다.

무엇보다 박주천이라는 이름을 기억하는 이유는.

"역시 일석 고교 야구부에 들어오니까 긴장감이 팍팍 드네. 중학 랭킹 1, 2위의 투수가 모조리 우리 팀 투수가 될 줄이야! 너희들 공 받을 생각을 하니까 진짜 흥분된다. 흐흐흐!"

여전히 스트레칭을 묵묵히 하고 있는 박주천을 바라봤다.

항상 내 이름 뒤에 가려져 있는 박주천을 사람들은 2인자라고 불렀다.

그래서였을까?

신입생 첫 모임 때 날 바라보는 박주천의 시선이 꽤 사납게 느껴졌었다.

"그런데 너도 긴장 좀 해야 할 거다."

"왜?"

"송종섭이라고 우리 동기 중에 투수 하나가 있거든. 그런데 걔가 진짜 엄청 빠른 공을 던진다고 하더라고. 동기 중 유일하게 이름이 전혀 알려지지 않았는데도 우리 야구부에 입부를 했기에 좀 궁금해서 알아봤지. 흐흐!"

"빠른 공? 얼마나 빠른 공?"

"대충 듣기로는 150㎞를 넘긴다고 하던데?"

17살에 150㎞의 공을 던진다는 게 불가능한 일은 아니지만, 굉장히 드문 일임에는 틀림없다.

"그런데 제구가 전혀 안 되나 봐. 하긴, 그런 무지막지한 강속구를 제구까지 잡으면서 던지면 그게 괴물이지."

맞는 말이다.

아직 한창 성장 중인 고교생이 제구까지 잡히는 150㎞의 공을 던진다?

솔직히 아주 희박한 일이다.

프로 선수들도 150㎞ 대의 빠른 공을 던지면서 제구를 잡기가 힘든 것이 현실이니까.

"그리고 보면 내 눈앞에 진짜 괴물이 서 있었네. 흐흐!"

나를 똑바로 바라보며 웃는 장형수였다.

"내가 괴물이라는 거야?"

"당연하지! 140㎞에 근접하는 직구를 제구까지 제대로 잡으면서 던지면 그게 괴물이 아니고 뭐겠어? 솔직히 타자의 입장에서 150㎞의 공을 던지는 투수하고 140㎞의 공을 제구까지 잡아가면서 던지는 투수 중 누가 더 상대하기 힘들 것 같아?"

"타자마다 다르겠지."

말은 그렇게 했지만, 나도 안다.

"다르긴! 너야, 너! 100명한테 물어보면 100명 전부 후자를 선택한다고!"

녀석에게 얼마 전 142㎞까지 구속이 올랐다는 말을 해서 더 놀라게 해줄까 하다가 이내 입을 다물었다.

유치한 짓이었으니까.

그보다 나랑 같은 나이임에도 150㎞의 공을 던지는 녀석이 있다는 사실에 은근히 오기가 생겨나는 것 같았다.

솔직히 제구를 배제하고 던진다면 나 역시 거의 근접하게 던질 수 있을 것 같았다.

하지만 그런 식으로 공을 던지는 건 아무런 의미가 없는 일이다.

중요한 건 제구를 완벽하게 잡고 던지는 강속구다.

고교 졸업 때, 누가 더 빠른 공을 던지고 있을까?

은근히 경쟁심이 생겨났다.

\*　　　　\*　　　　\*

쇄애애액— 퍼엉!

포수 미트 가죽이 터질 것처럼 포구 음이 운동장 전체에

울려 퍼졌다.

"뭐가 저렇게 빨라?"

"쟤가 걔야?"

"장난 아닌데!"

"우리랑 같은 나이인데 어떻게 저런 빠른 공을 던지지?"

"미치겠다! 안 그래도 투수 자리 빡빡한데 저런 괴물까지 있을 줄이야!"

놀라웠다.

내가 던지는 공이 초라하게 보일 정도로 압도적이었다.

마운드 위에 서서 거만하게 턱을 들고 있는 녀석의 이름 은 송종섭.

장형수의 말대로 정말 굉장히 빠른 공을 던졌다.

최소한 방금 공은 150㎞ 중반은 되어 보였다.

"저런 공은 노력한다고 던질 수 있는 공이 아니야. 타고 나야 해."

누군가의 말에 나 역시 저절로 고개가 끄덕여졌다.

어렸을 때부터 오로지 야구를 하기 위한 몸으로 다듬어 진 나였지만, 솔직히 말해 송종섭과의 재능 차이는 굉장히 컸다.

17살에 150㎞의 공을 저렇게 쉽게 던진다는 건 남들과 비교를 거부하는 몸을 가졌다는 증거다.

"어때? 굉장하지?"

장형수가 곁에서 나를 툭 쳤다.

장난기 가득한 익살스런 웃음을 머금고 날 바라보고 있었지만, 눈동자는 전혀 달랐다.

이 녀석도 맹수다.

송종섭의 공을 보는 순간 그 공을 치고 싶다는 본능이 꿈틀거리고 있다는 증거다.

"굉장하네."

솔직하게 시인했다.

굳이 거짓말을 하거나 아무렇지 않게 행동할 필요가 없으니까.

거만하게 마운드 위에 서 있는 송종섭의 모습이 약간은 우습게 보이기도 했다.

10구를 던져서 겨우 4구만이 스트라이크 존으로 들어갔을 뿐이다.

그것도 포수를 보고 있는 2학년 선배가 요구한 방향과는 일치한 곳이 단 한 군데도 없었다.

투수로서의 재능은 엄청나지만 자질은 미달이다.

아무리 빠른 공을 던져도 원하는 곳으로 던지질 못하면 아무 의미가 없다.

저런 난폭한, 그저 폭력에 불과한 공으로는 절대 투수가 될 수 없다.

아니, 되선 안 된다.

저런 공이 자칫 잘못해서 타자의 몸으로 향한다면 그땐 정말 위험한 상황이 벌어지게 된다.

그렇기에 투수는 제구가 되는 공을 던질 줄 알아야 한다.

그런 의미에서 송종섭은 내 경쟁 상대로서 가차 없이 탈락이다.

만약 저 난폭한 공을 다스리게 된다면?

끔찍한 경쟁자가 생기게 되는 거다.

"차지혁."

코치의 부름에 천천히 마운드로 향했다.

마운드에 오만하게 서 있던 송종섭이 내려오며 나를 향해 속삭이듯 말했다.

"전국 랭킹 1위의 공이 얼마나 대단한지 구경해 볼까?"

살짝 비틀려진 웃음으로 날 바라보는 녀석이 표정이 꽤 불쾌했지만, 저런 치기 어린 도발에 흥분하는 게 더 우습게 보인다는 걸 알기에 담담한 얼굴로 마운드에 올라 흙부터 다듬었다.

탁탁탁.

마운드의 흙을 다듬으며 달라붙은 스파이크 바닥의 흙들을 피처 플레이트 위에 털어내고는 로진백을 집어 들었다.

하얗게 달라붙은 송진 가루를 입으로 불어 일부 털어내고 포수를 바라보니 공을 던져 줬다.

손가락으로 공을 가볍게 돌리며 실밥을 잡았다.

어렸을 때는 그렇게 컸던 야구공이 이제는 손바닥 안에 폭 감싸여 있었다.

작게 호흡을 가다듬고 피처 플레이트 위에 왼발을 올리곤 포수를 바라봤다.

한복판 스트라이크 존에 미트를 벌리고 있었다.

준비 운동으로 몸도 충분히 풀어뒀고, 캐치볼로 어깨도 적당히 달궈놓은 상태지만 굳이 무리할 필요가 없었기에 적당한 구속으로 공을 던졌다.

펑!

"구속이 너무 느린 거 아냐?"

"차지혁이면 그래도 강속구 투수잖아?"

"종섭이 뒤에 공 던지니까 차지혁 공도 별거 아닌 것 같다."

"그러게. 역시 투수는 공이 빨라야 한다니까."

떠들어대는 소리를 가볍게 무시하며 다시 공을 던졌다.

이번에는 몸 쪽이었고, 여지없이 요구한 곳으로 공을 꽂아 넣었다.

세 번, 네 번, 그리고 다섯 번, 여섯 번까지 포수가 원하는 방향에 정확하게 공을 던지자 그제야 날 물어뜯으려고 혈안이 되어 있던 녀석들이 이빨을 감추기 시작했다.

"이야, 제구는 확실하네!"

"쟤 원래 제구력으로 넘버원 소리 들었던 애야."

"아닌 말로 공 아무리 빠르면 뭐하냐? 제구가 돼야지!"

"나도 수비할 때, 볼넷 남발하는 새끼들 보면 아주 마운드에서 끌어내리고 싶다니까."

"당연하지! 볼넷이 제일 짜증나."

"볼넷은 그나마 양반이지. 난 타석에서 데드볼 맞을 때마다 진심으로 마운드로 달려가 옆차기 날리고 싶어질 때가 한두 번이 아니야."

"하긴, 데드볼 맞으면 투수 새끼 죽여 버리고 싶어지지."

시끌시끌 신입생들이 너 나 할 것 없이 떠들어대자 선배 중 한 명이 조용하라고 눈을 부라렸다.

조용해지자 더욱더 집중해서 투구를 할 수 있었다.

신입생 실력 테스트 겸, 시범 투구에서 완벽한 제구력을 보여주는 대신 140km에 이르는 강속구는 단 1구도 던지지 않고 마운드에서 내려왔다.

"어디 이상 있는 건 아니지?"

코치의 물음에 나는 절대 아니라고 대답하곤 신입생 자리로 돌아왔다.

장형수는 역시 넘버원 투수의 제구력이라며 엄지손가락을 추켜세워 줬지만, 송종섭은 다시 한 번 날 자극시켜는 듯 건방지게 말을 해왔다.

"고작 그런 지루한 공밖에 못 던지는 거야? 나 참, 난 또 랭킹 1위라고 해서 얼마나 대단한가 했더니 별거 없네. 그런 소녀 어깨로 랭킹 1위 자리를 지킬 수 있겠어? 하긴, 고만고만한 놈들 사이에서 랭킹 1위네 어쩌네 하는 게 더 우습지."

송종섭의 도발에 주변에 있던 동기들은 물론 선배들까지도 흥미롭게 나와 송종섭을 쳐다보고 있었다.

키는 나와 비슷했지만, 운동으로 다져진 탄탄한 나와는 다르게 약간 통통하게 보이는 송종섭은 얼굴만 봐서는 꽤나 놀아본 느낌이 났다.

꼭 예전에 내 앞을 막고 시비를 걸었던 이름도 모를 녀석의 냄새가 풍겼다.

내가 물렁하게 보였을까?

한 번 참아주면 계속해서 도발을 해올 것 같았기에 확실하게 해두겠다는 마음으로 대꾸했다.

"투수는 무법자가 아니야. 지금은 네가 다른 애들보다 빠른 공을 던지니까 우쭐한 모양인데, 과연 졸업할 때에도 네가 가장 빠른 공을 던질까? 프로에 가서도 네가 최고일 것 같아? 착각하지 마. 네가 아무리 빠른 공을 던져도 너보다 빠른 공을 던지는 선수는 분명 있고, 설령 네가 세상에서 가장 빠른 공을 던진다 하더라도 그런 형편없는 제구력을 가진 투수를 마운드 위에 올려줄 감독은 없어. 고만고만한 놈들? 그러는 넌 왜 이름조차 알려지지 않았는데? 네가 살던 곳은 어디 외계냐? 그리고 내가 소녀 어깨면 넌 아저씨 어깨냐?"

아, 마지막 말은 하는 게 아니었는데.

나도 모르게 말을 하다 보니 너무 유치한 말을 하고 말았다.

내 말에 송종섭의 얼굴이 붉으락푸르락 변해갔고, 당장에라도 날 향해 주먹을 휘두를 것만 같았다.

전혀 무섭지 않았지만 처음부터 폭력 사태를 일으켜 선배들과 코치, 감독의 눈에 찍히는 건 별로 좋은 일이 아니라 송종섭이 제 성질을 참아주기만을 기다렸다.

다행스럽게도 송종섭도 눈치라는 게 있는지 주먹을 휘두르는 최악의 행동은 하지 않았다.

날 노려보는 모습이 언제고 터질 시한폭탄처럼 느껴져서 앞으로 귀찮은 일이 한 번은 벌어질 것만 같았다.

"신입생들! 집중 안 할래?"

선배의 고함 소리에 나와 송종섭의 기싸움을 흥미롭게

지켜보던 동기들이 자세를 바로잡았다.

얼굴이 따가울 정도로 날 노려보는 녀석의 눈길이 자꾸만 신경을 거슬리게 만들었지만, 무시해 버리면 그만이라 생각하면서 눈도 마주치지 않았다.

투수들의 투구 테스트가 끝나자 타자들의 타격 테스트가 벌어졌다.

일석 고등학교에 입학을 했다는 건 이미 재능과 실력을 인정받았다는 의미였기에 타자들의 타격 능력은 상당했다.

중학교 시절 각 학교마다 3번, 4번을 치던 중심 타자들이라 그런지 실력만큼 자존심도 셌기에 서로 경쟁을 하듯 타격 실력을 뽐냈다.

그중 단연 돋보이는 녀석이 있었다.

까앙!

"또 넘겼어!"

"저 자식, 힘이 완전 괴물이야!"

"도대체 몇 개를 넘기는 거야!"

"역시 홈런왕답네!"

장형수였다.

신입생들 사이에서도 단연 돋보이는 가장 커다란 체격에 어울리는 무지막지한 파워로 치는 족족 홈런을 때려댔다.

어차피 마음껏 휘두르라고 던져 주는 배팅볼이라고 하지

만 저렇게까지 홈런을 잘 때려내는 걸 보면 타격 재능 하나
는 신이 내려준 선물이나 다름없어 보였다.

이걸로 확실해졌다.

이번 일석 고등학교 야구부 신입생 중 최고의 재능을 가
진 녀석은 투수에선 송종섭이었고 타자에선 창형수였다.

천재 소리를 들으며 전국 랭킹 1위까지 차지한 나였지만,
아쉽게도 타고난 재능에서는 저 두 녀석을 따라갈 수가 없
었다.

그리고 그 이유가 내가 더욱더 노력해야만 한다는 가장
확실한 채찍질이었다.

*      *      *

"사람마다 모두 생각의 차이가 있겠지만, 내가 생각하는
가장 이상적인 직구와 커브의 구속 차이는 20마일, 즉 32㎞
내외다. 하지만 이건 일반적인 커브의 구속 차이이고, 오늘
부터 네가 배울 파워 커브는 15마일, 즉 24㎞ 이하의 구속
차이를 보여야만 한다. 물론 이것보다 더 구속 차이를 줄일
수 있다면 더 좋다. 내가 파워 커브를 먼저 가르치는 이유
는 아직 성장기인 네게 팔의 부담을 줄여줄 수 있는 구종이
파워 커브라 여기기 때문이다."

변화구를 배우기 시작했다.

직구 구속이 140㎞를 찍는 순간부터 최상호 코치는 서서히 변화구를 익혀도 될 것 같다고 말해주었다.

무엇보다 최상호 코치가 날 높게 평가하는 건 직구 평균 구속과 최고 구속의 차이가 크지 않다는 점이었다.

최고 구속 143㎞, 평균 구속 138~140㎞.

평균적으로 최고 구속보다 2~3마일 차이로 공을 던질 수 있다는 건 굉장히 좋은 현상으로 모든 투수가 바라는 이상적인 투구라고 칭찬했다.

최상호 코치가 꼽은 내가 가진 최고의 장점이자 강점은 부드러운 투구 폼에서 뿜어져 나오는 강력한 직구 구속이라고 했다.

나 역시 그 부분에 있어서는 같은 생각이었다.

어쩌면 이 장점이야말로 내가 가진 최고의 재능일지도 몰랐다.

억지로 쥐어짜내듯이 구속을 올리는 투수들을 보면 항상 불안한 느낌이 든다.

분명 스스로도 자신의 몸에 엄청난 학대를 하고 있다는 걸 잘 알고 있을 거다.

그건 곧, 부상이라는 치명적인 상황으로 치달을 수 있다는 뜻이기도 하다.

그럼에도 불구하고 어떻게든 조금이라도 더 빠른 공을 던지려고 하는 건 투수라면 누구도 거부할 수 없는 본능이자 습성이다.

예전에는 나 역시 그런 본능과 습성에 무리해서 공을 던진 적이 있었고, 그걸 본 아버지에게 엄청나게 혼나야만 했다.

당시 아버지는 공 몇 개 던지고 선수 생활 그만두고 싶냐는 말로 내 정신을 번쩍 들게 해주었다.

그 이후, 절대 무슨 일이 있어도 무리해서 공을 던지지 않았다.

"다시 한 번 말하지만 커브를 배웠다고 해서 그것을 통해 억지로 삼진을 잡으려는 생각 따윈 버려라. 네가 가장 자신 있는 구종은 직구여야 한다. 네 직구가 타자들에게 위력을 발휘하면 덩달아 커브를 주의하게 될 테니까. 요즘 네 직구의 회전수가 정체기에 빠진 것 같으니 그 부분에 있어서도 항상 고민을 해라. 혹시 모르지, 네 녀석이 지금 상태에서 조금만 더 직구의 회전수를 늘리면 라이징 패스트볼을 던지게 될지도."

라이징 패스트볼.

장난식으로 툭 내뱉은 최상호 코치의 말이었지만, 아주 오래전부터 내가 꿈꿔오던 최고의 패스트볼이었다.

물리학적으로 직구가 떠오를 수 없다는 사실에는 동의하지만 간혹 설명하기 힘든 라이징 패스트볼을 던지는 투수들이 존재하는 것 또한 사실이다.

어렸을 적에 찾아본 라이징 패스트볼에 대한 자료에는 엄청난 백스핀(공의 진행 방향과 반대의 회전)을 지니고 있어야 한다고 했다.

그 한 가지에만 집중해서 백스핀의 수를 늘리기 위해 온갖 노력을 다 했었지만, 결국 라이징 패스트볼은 단 한 번도 던져 본 적이 없었다.

하지만 그런 노력으로 인해 직구의 구속이 늘어났고, 구위 또한 상승했기에 결코 무의미한 일만으로 끝나진 않았다.

오히려 보다 위력적인 직구를 갖게 되는 계기가 되었기에 백스핀에 대한 끊임없는 노력은 한시도 잊어 본 적이 없었다.

아직까지도 라이징 패스트볼에 대한 동경과 도전은 확고했다.

마운드 위에서 내려오기 전까지는 반드시 한 번은 던져 보고 말겠다는 의지를 갖고 있기도 했다.

"오늘은 파워 커브의 그립을 손에 익히는 일부터 배우도록 한다. 손가락 감각이 유독 좋은 편이니 어쩌면 내 생각보다 훨씬 더 손쉽게 파워 커브를 던질 수 있을지도 모르겠군."

주 1회.

최상호 코치에게 받는 레슨은 황금 같은 시간이었다.

최상호 코치는 야구에 관해선 무엇이든 나에게 가르쳤다.

마운드 위에서 투수가 지니고 있어야 하는 마음가짐부터 투수에게 필요하다 싶은 조언은 시도 때도 없이 해주었다.

또 투수가 가장 주의해야 하는 부상 부위, 상황, 몸의 이상 징후 등 부상에 대한 자세한 설명과 주의는 매번 듣는 소리였다.

주 1회 레슨이었지만 시간제한은 없었기에 어떤 때는 훈련을 마치고 동영상을 함께 보며 타자의 자세에서 확인할 수 있는 버릇이나 볼 배합, 투수의 투구 폼에 대한 설명 등으로 새벽이 밝아올 때까지 대화를 나누는 일도 종종 있을 정도였다.

그럴 때마다 아버지 역시 눈을 초롱초롱하게 빛내며 함께 자리했다.

여전히 사회인 야구를 즐기는 아버지였고, 야구에 대한 호기심과 관심은 조금도 줄어들지 않았기에 최상호 코치와의 대화를 은근히 기다리는 날이 많을 정도였다.

"지아야, 오늘 오빠랑 영화 보러 갈래?"

일주일 중 일요일은 유일하게 야구를 하지 않는 날이다.

꾸준한 훈련만큼이나 규칙적인 휴식이 있어야만 했기에 일요일에는 야구공만 만지작거릴 뿐, 절대 투구를 할 수 없었다.

기초 체력 훈련인 러닝과 스트레칭 등은 일어나면 자동적으로 하는 습관인지라 빼놓는 날이 하루도 없었다.

저번 주까지만 하더라도 일요일마다 에이전시에서 붙여준 영어 선생님에게 과외를 받고 있었다.

그런데 개인적인 사정으로 영어 선생님이 미국으로 돌아가는 바람에 오늘만큼은 완벽한 자유의 몸이었다.

"이번에 새로 나온 히어로 영화가 재밌다고 소문이……."

"나 남친이랑 데이트 갈 건데?"

"…남친?"

충격을 먹은 얼굴로 지아를 바라봤다.

엄마를 닮아서 얼굴이 꽤 예쁘장했지만, 그래봐야 내 눈엔 초등학교 5학년짜리 꼬마 여자애였다.

그런 지아에게 남자 친구라니.

"꼬맹이가 무슨 남자 친구를 사겨? 어머니랑 아버지는

알고 계신 거야? 뭐 하는 놈이야?"

"누가 꼬맹이라는 거야! 그리고 여자 친구도 하나 없는 오빠가 바보지! 엄마랑 아빠도 다 알아! 뭐 하는 놈? 당연히 학교 다니는 놈이지! 으이구, 야구밖에 모르는 바보 멍청이!"

지아는 한심하다는 듯 날 바라보고는 현관문 밖으로 나가 버렸다.

지아가 나가 버린 공간에서 나는 너무 황당해서 아무런 말도, 움직임도 없이 한참을 소파에 앉아 있어야만 했다.

"여자 친구라……."

여자 친구라는 존재가 과연 야구에 도움이 될까?

단 한 번도 생각해 보지 못한 일이고, 딱히 도움이 될 것 같지도 않았다.

"부질없는 일이야."

고개를 절레절레 저으며 방으로 들어가 컴퓨터를 켰다.

야동을 찾기 시작했다.

당연히 음란한 야동이 아닌 건전한 야구 동영상.

고작 야구 동영상 하나 찾아보는 데도 온갖 팝업 창이 우후죽순처럼 뜨며 헐벗은 여자들의 사진이 튀어나왔다.

"온 세상이 음란함에 물들었어."

아… 근데 왜 창을 지울 수가 없는 거지?

        \*       \*       \*

퍼엉!

"스트라이크!"

2학년 선배는 몸 쪽을 꽉 채우며 들어오는 직구에 휘파람을 불며 뒤로 한 발 물러났다.

2스트라이크를 잡힌 상황에서도 2학년 선배는 입가에 옅은 미소를 짓고 있었다.

그러나 두 눈동자는 굉장히 침착하면서도 투지에 불타올라 당장에라도 마운드 위로 달려들 것 같았다.

"공 좋다! 이대로만 가자!"

장형수는 나에게 공을 던져 주며 그렇게 소리쳤고, 난 대답 대신 고개만 살짝 끄덕였다.

1학년 대 2학년의 연습 시합이다.

1학년들은 자신들의 실력이 얼마나 뛰어난지 확실하게 감독과 코치에게 어필을 할 수 있는 기회였다.

하나같이 중학 시절 천재라 불리며 각 학교의 핵심 멤버였던 만큼 자신감 하나는 어느 누구에게도 뒤지지 않았다.

실제로도 1회 초, 2회 초 공격에서 1학년들은 2학년 선배의 공을 난타 수준으로 두드리며 5점이나 뽑아놓은 상태였다.

반면, 3회까지 단 한 명의 타자도 출루를 허용하지 않고 있는 나는 2학년 선배들의 실력이 생각보다 낮은 게 아닌가 하는 의문을 갖고 있는 중이었다.

그렇게 시작된 4회 말, 타순이 한 바퀴 돌아 1번 타자와의 승부 중이다.

내가 가장 즐겨 던지는 몸 쪽 꽉 찬 스트라이크로 2스트라이크를 만들어 놓고 포수인 장형수를 바라보자 그는 바깥쪽으로 살짝 빠지는 공을 요구해 왔다.

방금 몸 쪽 공으로 인해 2학년 선배가 살짝 뒤로 빠져 있었기에 매뉴얼과도 같은 투구 패턴이었다.

딱히 거부할 이유가 없었기에 천천히 와인드업을 한 상태에서 바깥쪽 살짝 빠지는 공을 던졌다.

"볼!"

살짝 움찔하는 것 같으면서도 끝내 배트가 나오지 않았다.

다시 한 번 장형수는 똑같은 코스로 공을 요구했고, 그대로 공을 던져 줬다.

이번에도 역시나 어깨를 움찔할 뿐, 배트가 돌아 나오지 않았다.

'이번에는 몸 쪽 높은 공이다!'

장형수의 미트를 확인하고는 그대로 공을 던졌다.

웬만해선 배트가 나올 수밖에 없는 코스였고, 예상대로 배트가 나왔다.

따악!

아슬아슬하게 커트해 내며 삼진을 면한 2학년 선배가 작게 한숨을 내쉬며 다시 자세를 잡았다.

높은 공을 보여줬으니 역시 정석대로 낮은 공.

스트라이크 존을 확실하게 찌르고 들어가면 꼼짝 없이 당할 수밖에 없다.

딱!

다시 한 번 커트를 해버렸다.

1회 때와는 전혀 다른 모습이었다.

그렇게 4개나 되는 공을 커트하고, 하나의 공이 볼이 되면서 풀카운트가 됐다.

장형수는 어느 코스로 공을 유도해야 할지 잠시 망설이는 모습을 보였고, 그런 녀석에게 나는 한가운데를 던지겠다고 사인을 보냈다.

놀란 눈으로 날 바라보다 장형수가 피식 웃으며 미트를 팡팡 치며 소리쳤다.

"자자! 결정구 한 번 가자!"

확실히 녀석은 좋은 포수다.

센스가 있었다.

한가운데 공을 던질 건데도 녀석은 티가 나도록 몸을 움직이며 타자의 신경을 거슬리게 만들었고, 난 크게 와인드업을 하고는 힘껏 공을 내던졌다.

쇄애애액— 부웅!

파앙!

"헛스윙! 아웃!"

배트 스피드가 따라오지도 못했고, 설마하니 한가운데를 공격적으로 넣을 줄은 상상도 못 했다는 듯 2학년 선배가 헛웃음을 지으며 날 바라봤다.

고개를 절레절레 저으며 3루 쪽 더그아웃으로 걸어갔다.

이어서 2번 타자와도 9개나 공을 던져야 했고, 3번 타자에게는 기어코 안타를 얻어맞고 말았다.

4번 타자에게는 딱 1개의 공만 던졌고, 그것이 펜스를 맞으면서 처음으로 실점을 하고 말았다.

이후 5번 타자는 뜬공으로 잡으며 이닝을 마쳤다.

3이닝을 던진 것보다 방금 1이닝을 던진 것이 훨씬 더 피로감이 심했다.

무엇보다 끈질기게 달라붙는 2학년 선배들의 타격은 이전과는 완전히 달라져 있었기에 우리를 상대로 장난을 쳤다는 걸 알 수 있었다.

"삼진 아웃!"

타자들 또한 마찬가지였다.

난타에 가까운 타격 능력을 보여줬다는 게 거짓말이었다는 듯 속수무책으로 삼진을 당하거나 그라운드 볼에 휘말려선 손쉽게 아웃 카운트를 내줬고, 공격이 시작된 지 얼마 되지도 않았는데 곧바로 다시 수비를 위해 마운드 위로 올라가야만 했다.

"선배들 진심으로 하기 시작했으니까 좀 어렵게 가자."

장형수가 마운드로 향하는 나에게 말했다.

가볍게 고개를 끄덕이고는 투구를 시작했다.

2개의 피안타를 허용했지만, 실점을 하지 않는 것에 만족하며 5회를 마쳤다.

"지혁이 수고했다. 아이싱 시작하고, 주천이가 올라가라."

5이닝 1실점.

2학년 선배들을 상대로 상당한 호투를 벌였다며 3학년 선배들이 칭찬을 해주었지만, 실질적으로 3이닝은 무의미한 이닝이었으니 2이닝 1실점이라고 봐야 옳았다.

만약 1이닝부터 2학년 선배들이 끈질기게 달라붙었다면 6이닝 3실점이라는 괜찮은 성적표를 받음에도 투구수가 한계에 몰려 7이닝을 채울 수가 없었을 것이 분명했다.

이것조차 현재의 수치로 따졌을 가능한 이야기지, 실제로 6이닝 동안 3실점만 했을까? 하는 의문에는 자신이 없었다.

강했다.

전국 최강 고교 넘버원이라 불리는 일석 고교의 야구부는 확실히 강했다.

"완전 난타당하네. 주천이는 안 되겠다."

내 뒤를 이어 마운드에 오른 박주천은 1이닝 동안 4실점을 하며 완전히 자존심을 구겨 버렸다.

결국 코치가 마운드에 올라가 수고했다며 주천이를 위로하고는 투수를 교체했다.

"송종섭!"

선배들의 눈을 피해가며 벤치 구석에서 하품을 하고 있던 송종섭이 느릿느릿 글러브를 챙겨 들고는 마운드로 향했다.

"너 안 뛰어?"

2학년 선배 중 한 명이 눈을 부라리자 그제야 송종섭의 걸음이 약간 빨라졌다.

그러면서도 한쪽으로 고개를 돌리며 눈을 찌푸리는 모습이 전형적인 불량아의 느낌이 풍겼다.

"저 자식 진짜 마음에 안 드네!"

"그러니까! 선배들이 벌써 벼르고 있더라고. 저 새끼 때문에 우리까지 단체 기합받는 거 아니야?"

"씨발, 짜증나네."

동기들도 송종섭을 딱히 달가워하지 않고 있었다.

훈련을 할 때에도 항상 대충대충 했고, 선배들의 눈을 살살 피해 다니면서 궂은일에는 손 하나 까딱하지 않는 뺀질거림도 동기들 사이에선 유명해져 있었다.

거기에 같은 동기들에게는 얼마나 함부로 대하는지 몇 번이나 싸움이 날 뻔했을 정도였다.

나 역시 녀석이 마음에 안 드는 건 마찬가지였다.

특히 내 주변을 알짱거리면서 얼마나 간죽거리는지 보는 눈만 없으면 진심으로 한 대 후려쳤을지도 몰랐다.

"저 새끼 제구 안 되는 거 봐라."

"공만 빠르면 뭐해. 제구가 안 되는데."

"저런 새끼는 투수시켜 놓으면 사람 죽일 놈이라니까."

동기들의 조롱 속에서도 건성건성 연습 투구를 마친 송종섭은 심판이 경기를 재개시키자 조금은 달라진 눈동자로 자세를 잡더니 언제 봐도 감탄이 나오는 강력하고 빠른 강속구를 내던졌다.

콰작!

송종섭이 던진 공이 2학년 선배의 헬멧을 그대로 강타

했다.

허공에서 부서진 헬멧 파편이 튀었다.

타자 박스에 서 있던 2학년 효준 선배가 쓰러졌고, 동시에 코치와 감독은 물론 모든 선수들이 허겁지겁 달려 나왔다.

포수를 보고 있던 장형수와 심판이 깜짝 놀라 효준 선배의 상태를 체크하는 동안에도 마운드 위에서 직접적으로 공을 던진 송종섭은 멍하니 그 모습을 바라보고만 있었다.

하나둘 자신에게 시선이 옮겨지자 살짝 당황한 얼굴로 송종섭이 더듬거렸다.

"시, 실투야, 공이 손가락에서 빠졌단 말이야······."

2학년 선배들이 화가 난 얼굴로 마운드로 향하자 코치가 재빨리 막아버렸다.

코치로 인해 멈춰선 2학년 선배들의 표정은 생각보다 심각했다.

그 모습을 보고 몇몇 동기들이 1학년 전체 기합받겠다며 아주 작은 소리로 투덜거렸다.

다급하게 효준 선배를 병원으로 옮기고 연습은 그렇게 끝나고 말았다.

다행스럽게도 효준 선배는 가벼운 뇌진탕 증상만이 있을

뿐, 딱히 문제가 생길 정도로 위험한 상황으로까지 일이 확대되진 않았다.

학교에서 발생한 일이다 보니 학교 차원에서도 성심성의껏 이런저런 정밀 검사를 하고 나서야 별다른 이상이 없다는 의사 소견에 안도의 한숨을 내쉴 수 있었다.

Chapter 4

데드볼.

말 그대로 선수가 공에 맞아 사망을 함으로써 생겨난 이름이다.

당시엔 헬멧도 없었고, 야구공도 지금보다 훨씬 더 단단했다고 한다.

헬멧을 착용하면서부터는 직접적으로 머리에 공을 맞고 며칠 이내로 사망하는 일은 생겨나지 않았지만 여전히 데드볼의 위험성은 높았다.

150㎞가 넘는 공이 타자의 머리를 그대로 강타하면 어떤

식으로든 후유증이 생겨나게 마련이다.

실질적으로 데드볼을 맞고 몸에 이상 징후를 발견한 선수들은 상당히 많았다.

그런 선수들이 평균 수명보다 일찍 죽거나 병에 걸리면 데드볼 때문이 아니냐는 목소리도 있는 건 사실이었다.

효준 선배가 송종섭의 공에 맞고 며칠 후에 1학년들은 전체 기합을 받았다.

일석 고교 야구부의 전통과도 같은 일이기에 한 번은 겪어야 할 일이었지만, 동기들은 이 모든 일의 원인이 송종섭 때문이라며 이를 갈아댔고, 그에 대한 불만과 노골적인 비난이 생각보다 심해지기 시작했다.

어느 누구도 송종섭을 따돌리자고 의견을 내지 않았음에도 그는 어느새 모든 동기들에게서 따돌림을 받는 존재가 되어 있었다.

굳이 동참하고 싶지는 않았지만 그렇다고 송종섭이 예전과 달라진 모습으로 행동하는 것도 아니었고, 송종섭 스스로도 동기들, 선배들과의 관계를 개선시키려는 의지가 조금도 없었기에 시간이 지날수록 그는 비딱한 외톨이가 되어갔다.

외톨이 송종섭만 제외하면 일석 고교 야구부는 아무런 문제가 없었다.

선후배 규율이 엄격했지만 선배들은 후배들을 자상하게 챙겨줬고 후배들 또한 하나라도 더 가르쳐 주려는 선배들을 깍듯하게 대하니, 언제나 분위기는 화기애애했고 팀워크 또한 상당히 좋았다.

확실하게 다져져 있는 기강 속에서 선배와 후배가 제 몫을 다하면 그것만큼 이상적인 관계가 없다는 걸 깨달았다.


학교생활과 야구부 생활에 적응이 되어갈 무렵이 되자 본격적으로 야구 대회가 시작되었다.

고교 3학년 선배들에게 있어 5월, 7월, 8월, 9월은 굉장히 중요한 시기다.

5월에 열리는 황금사자기, 7월의 청룡기, 8월의 대통령배 전국대회, 9월의 봉황기는 10월에 열리는 해외 신인 드래프트 시장과 11월에 열리는 국내 신인 드래프트 시장에서 자신의 가치를 얼마나 끌어 올리느냐를 결정짓기 때문이다.

그렇기에 3학년 선배들은 5월부터 시작되는 야구 대회에 항상 선발로 출전을 하게 된다.

그 기간 동안 1학년들 기강을 잡고 연습과 훈련을 함께하는 건 당연히 2학년 선배들의 차지다.

5월에 열린 77회 황금사자기에서 일석 고교 야구부는 전국 넘버원이라는 명성대로 우승을 거머쥐었다.

　초고교급이라 불리며 전체 유망주 랭킹 1위를 차지하고 있는 유한석 선배가 투수의 모든 부분을 석권하며 당당하게 대회 MVP를 차지했다.

　"네가 생각하는 유한석의 장점이 무엇이냐?"

　갑작스런 최상호 코치의 질문에 나는 조금도 망설이지 않고 대답했다.

　황금사자기에서 보여주었던 유한석 선배의 투구 내용을 벤치에서 꾸준히 봤기 때문에 무엇이 장점이고 무엇이 단점인지를 개인적으로 파악해 놓은 상태였다.

　"선배의 장점이라면 기본적으로 고교생이라고 보기가 힘들 정도로 구위가 뛰어납니다. 타자에게 코스를 읽혔음에도 불구하고 타자의 배트를 밀어버릴 정도로 다른 투수들에 비해 구위가 압도적입니다. 더불어 슬라이더와 체인지업으로 다양하게 타자를 공략하는 투구 패턴도 상당히 영리한 편이라고 생각하고 있습니다."

　구위.

　말 그대로 투수가 던지는 공의 위력을 말하는 이것은 투수에게 있어 절대적이라 부를 정도로 중요한 것이다.

구위에는 스피드, 무게감, 초속과 중속의 차이, 공의 회전력으로 인해 발생하는 무브먼트 등을 모두 일컫는 말이다.

타자의 배트 스피드보다 빠른 공, 타자의 힘을 이겨내는 공, 타자의 히팅 포인트를 흔들어 놓는 공 등등. 구위는 단순하게 설명할 수도 없고, 결코 단순한 것도 아니다.

정말 쉽게 말하면 타자가 치기 힘들거나, 쳐도 안타를 만들어 내지 못하는 공 정도라고 보면 된다.

"유한석의 공은 확실히 당장 국내 프로 구단에서도 통할 정도로 위력적이다. 하지만 제구력을 더 가다듬지 못하면 국내에서조차도 1년 안에 공략당하기 좋다. 구속이 늘면 좋겠지만 제구력을 우선으로 여긴다면 지금만으로도 충분하다. 다만, 공이 지금보다 더 무겁지 않으면 프로에서 활약하는 타자들의 힘을 견뎌낼 수가 없다. 슬라이더와 체인지업의 경우에도 지금의 수준으로는 어림도 없다. 특히 프로의 상위 타선에게 몇 번 난타를 당해보면 결정구로서의 자신감도 급락해서 구위가 더욱 떨어지겠지."

그 정도인가?

내가 본 선배의 공은 분명 위력적이었다.

내가 던지는 공과는 비교도 할 수 없을 정도였다.

그런 선배의 공이 프로에서 살아남기 힘들다는 식으로

말을 하는 최상호 코치의 말에 난 충격을 받을 수밖에 없었다.

"내 말에 놀란 거냐?"

"…예."

"네 공과 비교를 했겠지?"

최상호 코치가 피식 웃으며 날 바라봤다.

딱히 대답을 하진 않았다.

그러나 기분이 바닥을 친 것만큼은 숨길 수가 없었다.

나와 가장 가까운 곳에 머물고 있는, 내가 반드시 뛰어넘어야 할 대상이 사실은 별것 아니라는 사실은 날 처참하게 짓밟는 기분이었다.

"넌 아직 고등학교 1학년일 뿐이다."

그런 말이 위로가 될 리가 없다.

따지고 보면 내게 남은 시간은 2년뿐이었으니까.

2년 안에 유한석 선배보다 훨씬 더 뛰어난 투수가 되어야하는데 과연 그게 쉬울까 하는 의문만이 내 머릿속을 복잡하게 만들었다.

"유한석이 중학교를 졸업하고 일석 고등학교에 입학할 때와 비교하면 넌 그보다 훨씬 더 뛰어난 투수다. 고교 2년은 결코 짧은 시간이 아니다. 2년 후에 네가 어떻게 변할 것인지는 어느 누구도 장담하거나 예측할 수 없다. 그러니 자신감을 가져라."

내 기분을 맞춰줄 정도로 자상한 사람이 아니라는 것 정도는 잘 알기에 복잡했던 머리가 다시금 맑아졌다.

생각해 보면 지금까지 그 어떤 중학 선수도 나보다 많은 관심을 받은 적이 없었다.

유한석 선배 역시 중학 시절 투수 부문 랭킹 1위를 차지했었지만, 중학 야구 역사상 가장 뛰어난 선수를 꼽을 때면 열에 여섯은 내 이름을 거론했다.

전설의 반열에 오른 최상호 코치가 직접 관심을 갖고, 실제로도 코칭을 하겠다고 자발적으로 선택한 사람도 유한석 선배가 아니라 바로 나였다.

그렇지 않았다면 야구계의 여러 곳에서 러브콜이 빗발치는 최상호 코치가 나를 직접 가르치는 일 또한 없었을 거다.

"다른 사람에 대한 이야기는 이쯤하고, 저번 주에 내가 준 숙제는 다 했나?"

파워 커브의 제구력을 가다듬는 숙제였다.

"최대한 노력했습니다."

"보면 알겠지."

최상호 코치는 직접 포수 미트를 들고 홈플레이트로 걸어갔다.

2달 전, 에이전시의 배려로 인해 우리 가족은 마당이 딸린 집으로 이사를 했다.

아버지와 어머니는 나중을 생각해서라도 에이전시의 도움을 웬만해선 받지 않으려고 했지만, 최상호 코치가 나를 가르침에 있어 환경적인 부분이 너무 열악하다며 고교를 졸업할 때까지 무상으로 임대를 해주겠다고 설득을 하는 바람에 넓은 마당이 딸린 전원주택으로 이사를 올 수 있었다.

당연히 넓은 마당은 남들처럼 정원을 가꾸거나 멋진 조경을 조성하는 용도로 쓰이질 않았다.

오직 나를 위해 투구 훈련을 할 수 있도록 만들어져 있었다.

이 역시 에이전시의 이사인 최상호 코치의 독단적인 구조 변경이었고, 이에 대해 아버지와 어머니는 대만족을 하거나 크게 개의치 않는 반면 지아는 아름다워야 할 정원이 칙칙하다며 꽤나 불만스러워했다.

"열 개 중 여섯 개다. 완벽하길 바라진 않겠지만, 노력하지 않았다는 모습이 보이면 각오해야만 한다."

포수 위치에 앉아서 미트를 벌리고 있는 최상호 코치를 바라보며 천천히 와인드업을 했다.

＊  ＊  ＊

따—악!

맞는 순간 직감을 했다.

아주 경쾌한 소리는 공을 쪼개 버릴 것 같았다.

타자들이 가장 듣고 싶어 하는 소리였지만, 투수들은 가장 듣기 싫은 소리다.

깔끔하게 팔로우 스윙까지 완벽하게 가져간 후에야 배트를 뒤로 내던지는 모습이 꽤 멋지게 보였다.

한쪽 팔을 들고 빠르지도, 느리지도 않게 베이스를 도는 녀석의 모습을 보니 확실히 야구 경기 중 가장 화려한 퍼포먼스를 보여 줄 수 있는 건 타자라는 말이 실감이 났다.

홈플레이트를 밟고 더그아웃으로 돌아온 녀석이 날 향해 손가락으로 브이를 만들었다.

"역전포 작렬!"

익살스럽게 웃는 장형수의 모습에 나 역시 피식 웃고 말았다.

친선 시합이 벌어졌다.

상대는 광한 고등학교였는데 전국대회 16강이 최고 성적으로 소위 말하는 명문과는 거리가 멀었다.

그럼에도 광한 고등학교와 전국 최강 넘버원인 우리 일석 고교가 친선 시합을 벌인 건 이번에 광한 고교 야구부 감독으로 우리 야구부 감독의 후배가 새롭게 지휘봉을 잡았기 때문이다.

친분을 이용한 친선 시합이란 소리다.

어느덧 싸늘한 바람이 불기 시작한 10월이 시작된 상태였다.

7월에 있었던 청룡기, 8월에 있었던 대통령배 전국대회, 9월에 있었던 봉황기까지 일석 고교는 모든 전국대회를 휩쓸었다.

일각에서는 일석 고교가 너무 모든 대회를 우승하는 것 아니냐며 우려의 목소리를 내고 있었지만, 그게 벌써 6년 전부터 있었던 걱정이다.

즉, 일석 고교 야구부는 어느덧 6년째 모든 대회의 우승 트로피를 싹 쓸고 있는 중이다.

일석 고교 야구부가 모든 전국대회를 휩쓰는 이유는 간단했다.

첫 번째로 일석 고교 야구부의 선수층은 타 학교와 비교가 불가능할 정도로 두터웠다.

중학 졸업생 중 대부분의 포지션에서 전국 랭킹 1, 2위를 다투는 이들이 모여드는 학교가 일석 고교 야구부다.

모든 포지션에서 1, 2위를 다투는 유망주가 우글거리는 일석 고교는 다른 학교와는 다르게 학년이 올라갈수록 운동을 그만두는 선수가 거의 없었다.

치명적인 부상으로 운동을 못 하게 된다면 모를까, 그렇지 않다면 1학년 정원인 15명이 2학년, 3학년까지 꾸준히 남아 운동을 하니 다른 학교들에 비해 선수층이 몇 배나 두터웠다.

두 번째로 일석 고교 선발 라인업의 무한 경쟁 시스템이 야구부 전체의 실력을 엄청나게 끌어 올리고 있었다.

앞서 말했다시피 일석 고교는 다른 학교와 다르게 선수층이 너무 두터웠기에 팀 에이스를 제외하면 모든 포지션이 무한 경쟁을 하며 그때그때 경기에 출전을 한다.

다시 말하면 일석 고교에 고정 선발이라는 개념이 거의 없다.

경쟁이 치열하다 보니 모든 선수들이 선발 자리를 차지하기 위해 땀을 흘렸고, 그 결과는 당연히 실력 향상으로 이어질 수밖에 없었다.

세 번째로 그 어느 학교보다도 풍족한 지원 시스템이다.

보통의 야구부는 야수 코치 1명, 투수 코치 1명으로 이루어져 있는 반면 일석 고교는 야수, 투수 코치가 각각 4명이었는데, 무엇보다 놀라운 점은 인스트럭터의 존재였다.

인스트럭터는 간단하게 초청 코치라 보면 된다.

특정 선수만을 집중적으로 지도하는 사람으로 기존 팀 내 코치들과는 확실하게 다른 존재였다. 코치들은 인스트럭터의 존재를 딱히 달가워하진 않는다.

그럼에도 불구하고 일석 고교에는 매년 3~4명의 인스트럭터를 초청해서 집중적으로 필요한 선수를 코칭하는 시스템을 사용하고 있었다.

그 외에 전력 분석관도 있었고, 전문 트레이너와 팀 닥터까지 있었기에 웬만한 프로 구단과 비교해도 전혀 손색이 없었다.

도저히 고등학교 야구부라고는 할 수 없을 정도로 체계적으로 발달되어 있었는데 거기엔 졸업생들이 매년 야구부 발전과 선수들을 위해 써달라며 기부하는 금액이 엄청나기 때문이다.

상황이 이렇다 보니 일석 고교가 전국 넘버원이 되지 않을 수가 없는 것이다.

'입학생들 전원에게 모든 야구 장비와 유니폼 등을 무제한으로 지원하는 것부터가 스케일이 다르지.'

야구 선수로 키워지기 위해선 상당히 많은 돈이 든다.

야구 선수뿐만이 아니라 모든 운동선수들은 매년 많은 돈이 들어간다.

재능이 있고 실력이 좋아도 집안 형편에 의해 운동을 포기하는 사람들이 있다.

모두 돈 때문이다.

나 역시 야구 선수로 키워지면서 우리 집 가계 상황을 상당히 축낼 수밖에 없었다.

그런데 일석 고교에 입학하면서 그 부담을 상당히 줄일 수 있었다.

유니폼, 스파이크, 글러브, 각종 소모품까지 매년 들어가는 돈이 적지 않은데 그것들을 일석 고교 야구부에서 모두 지원해 주니 선수들은 아무 걱정 없이 훈련에만 전념할 수 있는 것이다.


"너도 타격 한 번 해봐."

장형수가 내 옆에 앉으며 말했다.

"별로."

어렸을 때부터 투수가 꿈이었고, 타격 연습을 별로 해보지 않았기 때문인지 중학 시절부터 타격에는 재미를 못 느꼈다.

그래서 고교에 입학하면서부터는 타격을 전혀 하질 않았다.

어차피 지명타자라는 훌륭한 대안이 있는데 굳이 나까지 배트를 들고 타석에 설 이유가 조금도 없었다.

"투수가 던지는 공을 시원스럽게 때릴 때의 통쾌한 기분을 몰라서야. 흐흐!"

"나 투수다."

"알지. 언젠가 반드시 네가 던지는 공을 담장 밖으로 날려 버리고 말겠어. 흐흐!"

"선풍기나 되지 마라."

장형수는 당장에라도 한 번 붙어보자며 깐죽거렸다.

그러는 사이 공수 교대가 되었고, 감독님이 날 마운드로 올려 보냈다.

"친선이지만 우린 일석 고교 야구부다."

뼈가 있는 말이었다.

선발로 등판한 2학년 선배가 제구력 난조로 3회 동안 4점이나 주면서 감독님의 표정이 돌덩이처럼 굳어 있는 상태였다.

그럼에도 2학년 선배를 마운드에서 내리지 않은 건 최대한 자존심을 지켜주고 싶었기 때문이다.

다행스럽게도 끌려 다니던 타선이 3회에 터져 주면서 1점 차로 역전을 했고, 기다렸다는 듯 감독님은 날 올린 것이다.

다른 2학년 선배들도 있었지만, 1학년인 내가 마운드에 오른 이유는 애초부터 오늘 경기는 1학년 위주로 시합을 하겠다고 말을 해놨기 때문이다.

상대 팀인 광한 고등학교는 2학년이 주력이었지만, 우리 일석고는 2학년보다는 1학년이 대부분의 포지션을 차지하고 있었다.

그나마 상대 학교를 존중하는 의미로 2학년 선배를 선발로 내보냈을 뿐이었다.

"실점해도 내가 또 한 방 때려줄 테니까 걱정 말고 마음껏 던져!"

마운드 위에서 그렇게 응원을 하고 자신의 자리로 돌아간 장형수는 미트를 앞으로 내밀었다.

몇 개의 연습구를 던지고 난 후에야 심판이 콜을 했고, 타자가 타자 박스에 들어섰다.

키는 작았지만 날렵한 몸매에 어울리는 빠른 배트 스피드와 주루 플레이가 능한 타자였다.

타자는 상체를 마운드 쪽으로 열어두는 오픈 스탠스를 취하고 있었다.

정말 힘이 좋지 않고서야 장타를 만들어내지 못하는 타격 자세로 밀어치기와 커트에 능한 자세였다.

하지만 오픈 스탠스는 몸 쪽에 강한 면을 보이는 반면, 바깥쪽으로 빠지는 볼에 대해선 쉽게 대응을 하기가 어려운 건 사실이었다.

장형수는 몸 쪽을 요구했다.

거기에 스트라이크 존에서 살짝 벗어나는 볼이었다.

무슨 의도인지 충분히 알 수 있었다.

'스트라이크 존에서 밀어내자는 거겠지.'

고개를 끄덕이고는 와인드업을 하고 원하는 코스로 정확하게 공을 던졌다.

"……!"

몸 쪽으로 파고드는 빠른 직구에 타자가 흠칫 놀라며 뒤로 물러났다.

프로도 그렇지만, 고교 야구는 특히 타자가 투수의 공에 물러나는 걸 용납하지 않는다.

야구는 멘탈 스포츠다.

한 번 물러나면 속수무책으로 상대방에게 당하기 때문에 투수든 타자든 물러나면 그만큼 손해를 볼 수밖에 없었다.

"볼."

누가 봐도 확연하게 빠지는 볼이었기에 심판은 무미건조하게 볼을 선언했다.

타자는 잠시 배트를 두어 번 휘두르고는 다시 타자 박스에 섰고, 장형수는 타자가 물러나지 않은 모습에 다시 한 번 같은 코스로 공을 요구했다.

공 반 개 정도 더 안쪽으로 요구했기에 제구력에 자신이 없는 투수라면 쉽게 던질 수 없는 공이었다.

완전히 타자의 기를 죽여 놓겠다는 뜻이고, 그만큼 내 제구력을 믿는다는 소리다.

처음부터 볼을 2개씩이나 주고 시작하는 게 마음에 들지는 않았지만, 우선은 포수의 리드를 따라가기로 하곤 곧바로 공을 던졌다.

"헉!"

조금 전보다 더 놀라며 타자가 뒤로 황급히 물러났고, 장형수는 자신이 요구한 코스보다 더 깊게 타자 몸 쪽으로 공이 들어오자 의아한 눈으로 날 쳐다봤다.

제구가 안 되는 거야?

장형수는 그런 말을 하고 싶은 표정으로 날 바라보고 있었다.

가볍게 고개를 흔들며 글러브를 내밀었고, 장형수가 공을 던져 주자 다시 피처 플레이트에 발을 올려놓았다.

타자의 발 위치가 살짝 바깥쪽으로 이동해 있었다.

야구 선수라고 투수가 던지는 공이 아프지 않다거나, 공포스럽지 않은 건 아니다.

다만 지속적으로 훈련이 되었기에 견뎌낼 수 있을 뿐, 세상 그 어떤 타자도 제구력이 흔들리는 투수를 상대로 홈플레이트에 바짝 다가서진 않는다.

타자가 옆으로 바깥쪽으로 물러선 것을 확인하고 장형수가 바깥쪽 스트라이크 존을 통과하는 공을 요구했다.

벌써 바깥쪽을 던져 달라니.

나는 고개를 저으며 한복판으로 던지겠다고 사인을 줬고, 장형수는 살짝 눈을 찌푸리는 것 같더니 어쩔 수 없다는 듯 미트를 내밀었다.

쇄애액— 퍼엉!

여름을 기점으로 직구 구속이 다시 한 번 상승했다.

지금 내가 던질 수 있는 최고 구속은 146㎞.

그 빠른 공을 한복판으로 집어넣었지만, 타자는 꼼짝도 하지 않았다.

제구가 흔들리는 것 같으니 공 하나 정도는 봐두자는 심산이었겠지만, 치겠다 마음을 먹었더라도 쉽게 칠 수는 없었을 거다.

다음 공으로는 타자의 입장에서 볼이라 느껴질 정도의 바깥쪽을 아슬아슬하게 걸치는 직구를 던졌다.

심판의 스트라이크 선언에 타자는 고개를 갸웃거리며 판정에 대한 불만을 드러냈지만, 그런다고 상황이 달라지는 건 아니었다.

볼 2개를 주고 시작했지만, 어느덧 투 스트라이크.

여유로웠던 타자의 마음이 조급해지는 시점이다.

투수에겐 공 하나의 여유가 있다지만, 여기서 볼을 던져 버리면 그땐 타자와 투수의 심적 부담감이 완전히 달라진다.

"볼!"

헛스윙을 유도할 작정으로 타자의 배트가 가장 잘 나오는 높은 볼을 던졌지만, 아쉽게도 타자는 배트를 휘두르지 않았다.

이제 타자는 한결 마음이 편해진다.

스트라이크 존을 좁혀놓고 좀 애매하다 싶으면 커트, 아니다 싶으면 볼넷으로 걸어 나갈 수 있으니까.

장형수는 타자의 성향에 맞춰서 바깥쪽 스트라이크 존을 걸칠 수 있는 공을 요구했다.

고개를 저었다.

7개월 동안이나 부단히 노력해서 제구력을 잡은 새로운 구종을 던질 때가 왔다.

2, 3학년 선배들의 파워 커브 사인을 줬다.

장형수가 깜짝 놀라며 심판에게 타임을 요청하고는 마운드로 올라왔다.

"파워 커브 던질 줄 알아?"

"던지지도 못하는 걸 던질 것 같아?"

"그건 아니지만… 제구는? 볼넷이 나올 수도 있어."

"걱정 마."

단호한 내 음성 때문인지 장형수는 잠시 날 바라보다 마음대로 던지라는 듯 투덜거리곤 자신의 자리로 돌아갔다.

스트라이크 존을 살짝 벗어나는 곳을 코스로 잡고 천천히 와인드업을 했다.

무려 7개월 동안 연습을 해온 내 첫 번째 변화구다.

자신이 있고 없고를 떠나 처음으로 실전에 써먹는다는 생각을 하니 온몸이 뜨거워지는 기분이 들었다.

연습한 대로 최상호 코치가 만족스럽게 웃으며 칭찬을 해주었던 파워 커브를 던졌다.

쇄애애액.

한복판으로 날아가는 공에 타자가 눈을 번뜩이며 배트를 휘둘렀다.

공은 여전히 이렇다 할 변화 없이 날아갔고, 타자의 배트가 벼락처럼 허공을 쪼개며 나오자 마스크 너머로 장형수의 눈동자가 불안할 정도로 흔들렸다.

맞는다!

타자의 입가에 승자의 미소가 걸렸다.

때린다!

그런 두 사람의 모습에 나는 오른쪽 무릎을 스치고 지나가는 왼손을 와락 움켜쥐었다.

부웅!

펑!

"헛스윙! 삼진 아웃!"

완벽해.

어느 누구의 파워 커브도 부럽지 않았다.


"커, 커브!"

"맙소사! 저 괴물이 언제 저런 엄청난 커브를 배운 거야!"

"저거 파워 커브 아냐?"

"속도도 엄청나고 마지막에 떨어지는 각도 예술이다!"

"미친! 저건 보고도 못 치는 커브야!"

처음 선보인 파워 커브에 광한 고등학교 야구부보다 우리 일석 고교 야구부 더그아웃이 더욱 난리가 났다.

변화구를 배워야 하지 않겠냐는 감독과 코치의 조언에 현재 파워 커브를 배우고 있다고 했지만, 막상 실전에서 내가 던진 파워 커브를 확인하고는 움찔거릴 정도로 놀란 모습을 보였다.

그만큼 위력적인 파워 커브였다.

직구에 파워 커브를 섞어서 공을 던졌다.

농락.

광한 고등학교는 완전하게 내 공에 농락을 당하며 삼진 퍼레이드를 벌였다.

그날 친선 경기에서 내 성적은 4이닝 12삼진.

단 하나의 안타나 볼넷도 내주지 않으며 퍼펙트로 광한 고등학교를 압사시켜 버렸다.

"모두 봤겠지만, 특히 2학년 투수들! 올겨울 죽을 각오로 연습하지 않으면 내년엔 20년 만에 2학년이 팀 에이스로 대회에 선발 출전하는 일이 벌어지게 될 거다. 바짝 긴장해!"

친선 경기가 끝나고 감독이 한 유일한 말이었다.

2학년 투수 선배들은 그 여느 때보다도 축 늘어진 어깨로 귀가해야만 했다.

"20년 만에 일석 고교 야구부에서 2학년 에이스라니! 역시 넌 괴물이야! 흐흐!"

장형수가 내 어깨에 팔을 두르며 익살스럽게 웃었다.

"그러는 너도 만만찮아."

나만큼이나 골칫거리가 바로 장형수다.

포수 능력도 뛰어나고, 엄청난 타격 능력에 파워까지 갖춘 장형수는 현재 2학년 포수 그 누구도 따라갈 수가 없었다.

"그래서 말인데, 잘 부탁한다!"

"뭘?"

"네가 에이스로 마운드에 오르면 아무래도 네 마누라인 나를 주전 포수로 기용하지 않겠어? 흐흐!"

맞는 말이다.

장형수의 실력이 현재 2학년 포수들보다 뛰어난 건 사실이지만, 당장 시합에 그를 기용하지 못하는 건 내년 대회를 이끌어 나가야 할 지금의 2학년 투수들과의 호흡이 부족했기 때문이다.

반면 같은 학년인 나와는 꾸준하게 호흡을 맞춰왔기에 내가 만약 내년에 선발로 올라가게 되면 3학년 포수가 아닌 2학년인 장형수가 선발로 포수 마스크를 쓸 확률이 100퍼센트였다.

"그래서 뭘 해줄 수 있는데?"

내 물음에 장형수가 눈을 동그랗게 뜨며 의외라는 듯 날 바라봤다.

"선배들 꿈을 짓밟은 나쁜 놈이라는 소리를 보상받을 정도는 되어야 하지 않겠어?"

"뭘 바라는데?"

진지하게 물어오는 장형수의 모습에 나는 피식 웃고 말았다.

일석 고교 야구부는 지난 20년 동안 3학년이 에이스 자리를 굳건하게 지켰다.

그런 20년의 역사를 깨부숴 버릴 수 있다 생각하니 짜릿한 감각이 등줄기를 타고 올라왔다.

*      *      *

"와~ 눈이다!"

지아의 외침대로 하늘에서 새하얀 눈이 떨어져 내렸다.

어느덧 겨울이다.

엊그제 일석 고등학교에 입학을 한 것 같았는데, 벌써 11월의 막바지에 와 있었다.

"아빠! 이번 겨울 방학 때 엔조이파크에 가자! 이번에 새로 개장했는데 정말 좋대!"

눈이 오니 신이 난 지아가 작은 새처럼 지저귀며 아버지와 어머니의 입가에 미소를 만들어 주었다.

양팔을 활짝 벌리고 빙글빙글 돌며 떨어지는 눈을 맞는 지아의 모습에 나 역시 웃음이 나왔다.

"동계 훈련은 언제냐?"

아버지가 물었다.

고교 야구 선수에게 여름 방학과 겨울 방학은 훈련으로

가득 찬 시간일 뿐이다.

여름에는 기술 훈련을 위주로 하계 훈련을 받고, 겨울에는 체력 훈련을 위주로 동계 훈련을 받는다.

아무래도 따듯하다 못 해 뜨거운 여름은 기술 훈련을 하기에 제격이고, 차디찬 겨울에는 부상 방지를 위해서라도 체력 훈련에 집중할 수밖에 없었다.

특히 야구 선수는 겨울을 제외하면 온통 시합을 해야 하기 때문에 체력 관리가 필수였다.

기술적으로 뛰어나다 평가를 받는 선수라 하더라도 체력이 받쳐 주지 못하면 제대로 된 성적을 낼 수가 없다.

그렇기 때문에 야구 선수는 겨울 동안 휴식을 취하면서도 내년을 위해 체력 훈련을 꾸준히 해봐야만 했다.

"방학하고 일주일 쉬고 제주도로 한 달 동안 간다고 하더라고요."

"제주도?"

어머니가 관심 있는 눈으로 바라봤다.

여행을 좋아하는 어머니였기에 초등학교에 입학하기 전까지만 하더라도 한 달에 한 번, 길면 두 달에 한 번 정도는 꼭 가족 여행을 다녔었다.

그런데 내가 초등학교에 입학을 하면서부터는 여행을 간 적이 단 한 번도 없었다.

"저는 어차피 훈련받아야 하니까 어쩔 수 없지만, 아버지랑 어머니, 지아는 제주도에서 겨울 휴가를 보내시는 게 어떠세요? 에이전시에 말하면 숙박 정도는 충분히 해결이 될 것 같아요."

내 제안에 어머니가 눈을 반짝였다.

아버지도 딱히 나쁘지 않은 생각이라는 듯 고개를 끄덕였지만 지아만은 달랐다.

"싫어! 제주도에는 스키장이 없잖아! 난 스키 타고 싶단 말이야!"

지아의 반대에 아버지와 어머니는 난감한 표정으로 서로를 바라봤다.

나 역시 스키장을 가겠다고 막무가내로 떼를 쓰는 지아의 모습에 어깨를 으쓱했다.

지아를 설득하는 건 결국 부모님의 몫이었으니까.


겨울 방학 일주일 전, 최상호 코치의 입에서 그토록 기다리던 말이 나왔다.

"내년에 새로 배우고 싶은 구종이 있으면 지금 말해봐라."

기다렸던 말인지라 곧바로 대답했다.

"컷 패스트볼이요."

최상호 코치가 의미심장하게 웃었다.

컷 패스트볼. 변형 패스트볼인 이 구종은 타자들의 배트를 워낙 잘 부러트려서 커터라고 부르기도 했다.

슬라이더보다는 움직임이 적지만, 패스트볼에 육박하는 스피드를 지닌 공으로써 타자의 입장에서는 패스트볼로 여겼다가 헛스윙을 하거나, 타격에 성공한다 하더라도 좋은 타구를 만들기 쉽지 않은 위력적인 공이다.

"내 밑천을 다 가져가려고 작정한 놈이군."

"바람직한 자세 아닌가요?"

내 대꾸에 최상호 코치가 한 방 먹었다는 듯 멍하니 날 바라보다 이내 크게 웃었다.

최상호 코치가 가장 잘 던졌던 변화구가 바로 컷 패스트볼이다.

메이저리그 당대 최고의 마무리라 불렸던 마리아노 리베라의 주무기가 바로 컷 패스트볼인데, 최상호 코치가 던지는 컷 패스트볼은 리베라 이후 가장 완벽하다 인정을 받았다.

실제로도 메이저리그에서 최상호 코치는 컷 패스트볼로 수많은 타자들을 선풍기로 만들거나 배트를 부러트리며 명성을 날렸다.

"컷 패스트볼은 익히긴 쉽지만, 구사하긴 굉장히 어려운 구종이다. 반면, 제대로 된 컷 패스트볼을 던지게 된다면 네 직구를 더욱 위력적으로 만들어 줄 공이기도 하지. 컷 패스트볼과 직구는 절대 3마일 이상의 구속 차이를 내면 안 된다. 더불어 파워 커브를 익힐 적에도 말을 했지만, 넌 아직 성장 중인 학생이라 신체의 변형에 따라 수시로 구종의 위력과 제구력이 흔들릴 수밖에 없다. 때문에 성장 중인 선수들은 많은 변화구를 다양하게 익히기 보단 한두 가지의 구종만을 계속해서 손에 익혀 완벽하게 던지는 법을 몸에 익혀야 한다. 내가 이런 말을 하는 이유는 컷 패스트볼 이후로 더 이상 네겐 변화구를 가르치지 않을 생각이기 때문이다."

"아……."

더 이상 변화구를 가르치지 않겠다는 소리에 아쉬운 마음이 들었다.

최상호 코치에게 컷 패스트볼 다음으로 슬라이더를 배우고 싶었기 때문이다.

컷 패스트볼 정도는 아니지만, 그가 던지는 슬라이더 역시 상당한 위력을 갖추고 있었다.

흔하지는 않았지만 아주 가끔 제대로 긁히는 날에는 거의 마구 수준이라 불러도 좋을 정도였고, 그런 날에는 속수무책으로 타자들의 배트가 헛돌며 삼진 수를 늘려 버렸다.

무엇보다도 슬라이더는 팔꿈치에 무리가 많이 가는 구종이었기에 3학년이 되고 난 후에 배울 생각이었는데 그 계획이 물거품이 되어버린 것이다.

"거머리 같은 놈."

아쉬워하는 내 머리에 딱밤을 날리는 최상호 코치였다.

방학을 하고 남들은 휴식을 취하는 동안, 난 최상호 코치에게서 집중적으로 컷 패스트볼을 익혔다.

아무래도 여름 방학 때도 그랬지만, 이번 겨울 방학 동안 있을 동계 훈련에 최상호 코치가 따라 갈 수 없으니 일주일이라는 시간을 한꺼번에 몰아서 사용하기로 한 것이다.

"으으! 미적 수준들 하고는!"

지아는 현관을 나와 마당을 지나갈 때마다 떡하니 자리를 잡고 있는 비닐하우스를 바라보며 인상을 찌푸렸다.

그렇지 않아도 도저히 적응되지 않는 마당 인테리어였는데, 이제는 비닐하우스까지 세워져선 자신을 괴롭힌다며 항상 나에게 불만을 토로하는 지아였다.

비닐하우스는 겨울에도 최대한 따뜻한 공간에서 투구를 하도록 에이전시에서 특별히 배려해 준 것이었다.

당연히 최상호 코치의 의견이었고, 언제나처럼 나에게

도움이 되는 일이라면 두 번 생각하지 않고 허락을 하는 아버지와 어머니였기에 비닐하우스가 마당에 들어서는 건 어렵지 않았다.

지아가 아무리 난리를 쳐도 고작 초등학교 5학년의 꼬맹이일 뿐이고, 현재 살고 있는 집이 에이전시 소유라는 소리에 아무런 말도 할 수가 없었다.

친구들을 절대 집으로 초대하지 않는 것으로 지아는 자신의 반항심을 드러냈지만, 우리 가족에게 그런 반항심 정도는 그저 애교에 불과했다.

"키는 이 정도면 적당하고, 이번 겨울에 몸을 좀 더 불려라."

"가벼운 게 좋지 않을까요? 체중을 불리면 투구 밸런스를 다시 맞춰야 할 텐데요."

186cm, 77kg. 현재 내 체격이다.

투수에게 있어 체격 조건은 상당히 중요한 부분이었기에 계속해서 자라는 키는 상당히 만족스러웠다.

키 크는데 도움이 되는 거라면 아버지와 어머니가 종류 불문하고 가져다 먹이고 있기 때문인지 다행스럽게도 은혜에 보답이라도 하듯 쑥쑥 커주고 있었다.

반면 몸무게는 너무 체중을 불리지 않고 싶었기에 유지를 하고 있는 중이었다.

체중이 불면 아무래도 보기에도 둔해 보이고 투구 밸런스를 새로 맞춰야 할뿐더러, 부상의 위험도 조금 더 높아지기 때문에 딱히 체중을 늘리고 싶은 마음이 없었다.

"지금보다 3~4kg만 더 늘리는 게 좋다. 투구 밸런스는 어차피 네가 평생 투수로 살아가는 동안 고치고 보완해야 할 부분이다. 밸런스 때문에 체중을 늘리지 않겠다는 생각은 하지 마라. 그리고 이번 동계 훈련에서 악력과 손가락 힘을 집중적으로 키워라. 근력, 유연성 등 넌 더할 나위 없이 훌륭하다. 그러니 굳이 훈련을 더 무리할 필요 없이 지금처럼만 하면 된다. 하지만 모든 구종의 구위를 높이고 싶다면 악력과 손가락 힘을 키우는 게 좋다. 특히 컷 패스트볼은 중지 손가락의 힘이 중요하니 타자의 배트를 모조리 박살 내고 싶다면 손가락 힘을 키워라."

에이전시에서는 4개월에 한 번, 1년에 3번 내 운동 능력을 검사했다.

에이전시 입장에서 난 상품이었기에 주기적으로 관리를 할 필요가 있었다.

근력, 순발력, 지구력, 유연성 등 모든 부분에서 난 최상위에 올라갈 정도로 높은 판정을 받고 있었다.

의사의 말에 따르면 흔히들 말하는 강골과는 거리가 좀 있는 체질이었지만, 어렸을 때부터 해온 꾸준한 운동 효과가 현재의 몸을 만들어 놓은 것 같다며 어린 선수가 굉장히 힘든 훈련을 지속적으로 해오고 있었다는 사실에 감탄을 감추지 않았었다.

그렇기에 최상호 코치는 지금 수준을 유지하되 필요한 부분에 있어서 단기적으로 집중 강화를 시키는 것이 가장 이상적이라고 했고, 이번에는 손가락 힘을 기르는 것에 집중하기로 결정지었다.

"동계 훈련 잘 다녀와라."

일주일간 최상호 코치와의 훈련이 끝나자, 고교 1학년을 장식할 동계 훈련이 시작되는 제주도로 향했다.


*　　　　*　　　　*


제주도에서 받은 동계 훈련은 생각보다 힘들었다.

3학년 선배들이 일궈놓은 6년 연속 전 대회 우승이라는 영광을 이어나가야 한다는 부담감 때문인지, 2학년 선배들은 물론 1학년들까지도 지옥에 왔다는 생각이 들 정도로 강도 높은 체력 훈련을 받아야만 했다.

"하아~ 시원하다!"

팬티만 걸치고 욕실에서 나온 장형수는 침대에 걸터앉아 손가락 악력기로 운동을 하고 있는 날 바라보며 고개를 절레절레 저었다.

"정말 지독하네. 웬만하면 좀 쉬어라. 넌 힘들지도 않나?"

"할 만해."

간단하게 대꾸하곤 검지와 중지를 집중적으로 손가락 악력기를 눌렀다.

최상호 코치의 말대로 손가락 근력과 유연성을 키우기 위해서 하루도 빼놓지 않고 운동 중이었다.

손가락 악력기를 누르거나, 손가락마다 고무 밴드를 연결해 늘리거나, 탱탱한 고무공을 검지와 중지로 누르기를 반복하고 있었다.

손가락 스트레칭은 기본적으로 시간이 날 때마다 쉬지 않고 해주고 있었는데 이런 날 동기들은 물론 선배들까지도 지독하다며 혀를 내둘렀다.

정말 지독한 걸까?

동의할 수 없었다.

야구 선수가 되기로 다짐을 한 그 순간부터 최선을 다해 노력하는 건 당연하다 생각하니까.

정말 훌륭한 야구 선수를 꿈꾼다면 이 정도의 노력은 당연했다.

고통 없는 영광은 없다.


아버지는 내가 어렸을 때부터 이 말을 항상 하셨다.

어렸을 때에는 그것이 무슨 뜻인지 잘 몰랐지만, 나이가 들어 초등학교에 입학해서 6학년 선배보다 내가 더 공을 잘 던진다는 사실을 알았을 때, 중학교 2학년생으로 전국 중학 선수 랭킹 투수와 유망주 부문 1위를 차지했을 때 확실하게 알 수 있었다.

내가 지금까지 해왔던 훈련들이 지금의 순간을 만들어 주었다는 사실을.

노력하지 않고도 남들보다 좋은 성적을 내는 이들이 있다.

그들은 월등히 뛰어난 재능과 신체적 능력을 타고난 이들이다.

그 어떤 천재와 비교해도 손색없는 타격 능력과 체격을 갖고 있는 장형수와 타고난 강견으로 남들은 아무리 노력해도 절대 던질 수 없는 강속구를 던지는 송종섭이 그런 사람들이다.

그런 두 사람과 비교하면 난 아무것도 아닌 평범한 사람이었다.

그럼에도 내가 그들보다 뛰어나다 평가를 받는 건 그들

이 하지 않은 노력을 지속적으로 해왔기 때문이다.

나 역시 힘이 드는 건 마찬가지다.

하지만 힘든 건 한순간이다.

그나마도 하루, 이틀이 지나 일주일, 한 달이 되어버리면 습관이 되어 힘들다는 생각이 더 이상 들지도 않는다.

아침, 점심, 저녁을 먹는 것처럼 자연스럽게 훈련을 하게 된다.

사람들은 습관이 되기 전에 모두 힘들어 포기하거나 자기 자신과 타협을 한다.

그저 난 남들과는 다르게 포기하지도 않았고, 타협하지도 않았을 뿐이다.

"기계처럼 훈련하는 너도 대단하고, 송종섭 그놈도 참 대단하다."

"그 녀석하고 날 왜 같은 선상에 놓는 거야?"

기분이 나쁘다는 듯 장형수를 바라봤지만, 그는 익살스럽게 웃기만 했다.

송종섭은 현재 행방불명 상태였다.

제주도 동계 훈련이 시작되고 열흘 정도는 제법 열심히 훈련을 하는 것 같더니 보름이 넘어가자 아무런 말도 없이 숙소를 빠져나가 행방불명이 되어 버렸다.

벌써 일주일이 다 되어가고 있었다.

감독과 코치들은 머리끝까지 화가 났고, 2학년 선배들도 나타나기만 하면 절대 가만두지 않겠다고 벼르고 있는 중이었다.

1학년들 중 몇몇은 괜한 불똥이 튈까 싶어 전전긍긍하고 있었지만, 나와 장형수는 별 걱정하지 않고 있었다.

이미 송종섭은 야구부에서 내놨다 싶을 정도로 꼴통으로 분류가 되어 있었기에 그가 어떤 사고를 친다 하더라도 동기라는 이유만으로 1학년 전체가 단체 기합을 받을 일은 없었기 때문이다.

"그보다도 이번엔 정 코치도 어쩔 수 없을 거야? 그치?"

"무단이탈이니까."

정해용 코치.

여름이 다 지나고 나서야 알게 된 사실, 송종섭의 외삼촌이 정해용 투수 코치였다.

송종섭이 중학 선수로 이름을 전혀 알리지 못했음에도 어떻게 일석 고등학교에 입학할 수 있었는지 의문이 풀렸다.

정해용 코치는 자신의 조카인 송종섭이 남들과는 비교를 거부하는 천재적인 재능을 타고났다는 걸 감독에게 알렸고, 감독은 송종섭을 직접 만나 확인한 이후에 그의 가능성만을 보고 입학을 허락한 것이다.

충분히 이해는 갔다.

송종섭의 재능은 확실히 국내에선 보기 드물었으니까.

하지만 송종섭은 재능 외에 모든 부분에서 부족했다.

게을렀고 나태했으며 거만했고, 중학 시절 어떻게 학교 생활을 했는지 묻지 않아도 될 정도로 삐뚤어져 있었다.

동기들은 물론 선배들조차 자신보다 아래라 여겼고, 조금만 마음에 들지 않으면 입에서 욕이 튀어나올 정도로 거칠었다.

데드볼 사건 이후로 조금 자숙하는 듯한 모습을 보였지만, 그것도 오래가지 못했다.

동기들과는 어울리지 못해 항상 홀로 다녔고, 선배들 역시도 삐딱하고 야구부의 분위기를 흐리는 송종섭을 후배로 인정하지 않았다.

철저하게 혼자가 되어버린 송종섭을 정해용 코치는 어떻게든 부원들과 어울리게 만들려고 노력했지만, 당사자가 변하지 않으니 아무런 의미가 없는 행동이었다.

그렇게 아슬아슬한 1학년 생활이 끝나가고 있었고, 마지막을 장식할 동계 훈련에서 기어코 송종섭이 대형 사고를 쳐 버렸다.

"하루하루 정 코치 얼굴 썩어가는 거 봤어? 보는 내가 다 안쓰럽더라. 그런 것도 조카라고 감싸야 하니, 참."

장형수는 자신에게 만약 송종섭과 같은 조카가 있었으면 벌써 다리를 부러트려 버릇을 고쳤을 거라며 주절거렸다.

그러거나 말거나 손가락 악력기로 운동을 마친 나는 옷을 하나둘 벗고 욕실로 향했다.

"좋아! 좋아! 정말 내가 본 그 어떤 근육보다 완벽해! 부럽다! 흐흐!"

장형수의 말에 픽 웃었다.

"나 따라서 운동하면 너도 반년 안에 이렇게 돼. 할래?"

"미쳤냐! 내가 기계랑 운동을 하게!"

기겁을 하며 손사래를 치는 장형수의 모습에 나는 대꾸 없이 욕실로 들어가 샤워를 했다.

샤워를 마치고 수건으로 몸을 닦다가 슬쩍 욕실 거울에 비친 내 모습을 바라봤다.

연예인처럼 잘생긴 얼굴은 아니지만, 어디서 못생겼다는 말은 듣지 않는 외모였다.

몸짱이라며 TV에 출연해서 자랑하는 근육질의 남자들과는 다른 자잘한 근육들이 균형 있게 잡혀 있는 몸매는 확실히 탄력적으로 보였다.

"3kg이라……."

별것 아닐지도 모르지만, 여기서 살이 찌면 분명 지금까지 잘 가꿔놓은 몸의 균형이 깨지는 건 확실했다.

아깝다는 생각이 들었지만, 최상호 코치의 말대로 구위가 올라갈 수 있다면 조각 같은 몸 따윈 백번이라도 버릴 수 있었다.

Chapter 5

　동계 훈련이 끝나는 마지막 날까지 송종섭은 나타나지 않았다.

　정해용 코치는 얼굴이 완전 말라비틀어진 사람처럼 감독과 다른 코치들의 눈치를 살피느라 여념이 없었다.

　동기들 중 일부는 이번 일로 인해 송종섭이 야구부에서 제명되었으면 좋겠다며 집으로 돌아갔다.

　동계 훈련이 끝나고 나는 곧바로 가족이 머물고 있는 리조트로 향했다.

　부모님이 지아를 설득해서 제주도로 내려온 지 일주일이

지나 있었고, 훈련이 끝나는 나와 함께 3일을 더 제주도에서 보내다가 집으로 올라갈 계획이었다.

제주도에서 생활한 지 한 달이 넘었지만, 제대로 된 관광을 해보지 못했기에 부모님은 나를 데리고 이곳저곳을 구경시켜 주었다.

웬일인지 지아가 불만을 표시하지 않는다 싶었더니 집으로 돌아가면 최신 휴대폰을 사주겠다고 약속을 했기 때문이었다.

제주도 여행은 꽤 재밌었다.

훈련만 할 때는 몰랐는데 여기저기 구경을 하니 굉장히 좋은 곳이라는 걸 알게 되었다.

관광 마지막 날, 오후 비행기 시간에 맞춰서 공항으로 향하던 중 뜻밖에도 길거리에서 송종섭을 볼 수 있었다.

4명의 남자와 함께 어울리고 있던 송종섭은 짧은 까까머리를 노랗게 물들인 상태로 길거리에서 담배까지 펴대며 큰 소리로 웃으며 떠들고 있었다.

나와 눈이 마주쳤다.

송종섭은 잠시 멈칫거렸지만, 이내 무슨 상관이냐는 듯 날 바라보며 피식 웃었다.

녀석의 시선을 뒤로하고 주변을 살펴보니 하나같이 불량스러운 친구들뿐이었다.

저런 친구들과 어울리기 위해 야구부 훈련을 빼먹었다
생각하니 괜히 화가 났다.

녀석은 도대체 야구를 어떻게 생각하고 있는 걸까?

어떤 생각이기에 길거리에서 저런 불량스러운 녀석들과
어울리는 걸 더 우선으로 여겼던 걸까?

묻고 싶은 말이 많았지만, 이내 외면해 버리고 말았다.

내가 묻는다고 달라지는 건 하나도 없을 거다.

괜한 시비에 휘말려 원치 않은 상황이 벌어질 수도 있으
니 무시하고 지나치는 게 좋다 여겼다.

"저 새끼들이야!"

거친 고함 소리에 고개를 돌려보니 송종섭과 그의 친구
들을 향해 십여 명의 청년이 빠르게 달려왔다.

무슨 일인가 상황을 파악하기도 전에 서로 욕설을 퍼부
으며 고함과 함께 싸움이 벌어졌다.

송종섭은 거침없이 주먹을 날리고 발길질을 하며 싸움을
했다.

무엇보다 투구를 하는 오른손을 마구잡이로 휘두르는 모
습을 보니 더 이상 저런 녀석을 같은 야구부로 생각하기조
차 싫어졌다.

"가요."

갑자기 벌어진 패싸움에 부모님과 지아가 눈을 동그랗게

뜨며 바라보는 걸 억지로 이끌고 공항으로 향했다.

송종섭을 더 이상 나와 같은 야구를 하는 야구 선수가 아니었다.

하늘이 내려준 재능을 쓰레기통에 처박아 놓은 머저리일 뿐이었다.


3개월이라는 짧다면 짧은 겨울 동안 내게 많은 변화가 있었다.

쇄애액— 퍼—엉!

삐빅!

투구를 마치고 곧바로 한쪽에 서 있던 아버지를 바라봤다.

내 공을 받은 최상호 코치 역시도 몸을 일으키고는 아버지를 바라봤다.

두 사람의 시선에도 아버지는 손에 들린 스피드건에서 눈을 떼지 못했다.

"아버지."

내 음성에 아버지가 천천히 고개를 들어 날 쳐다봤다.

조심스럽게 아버지의 입술이 열리며 감격에 겨운 목소리가 흘러나왔다.

"백오십이다."

아버지의 말이 끝나기가 무섭게 내가 마운드 위에서 환호성을 내질렀다.

"이야아아아—!"

드디어 최고 구속이 150㎞에 진입했다.

최상호 코치는 이미 미트에 박히는 내 공을 받는 순간 직감을 하고 있었다는 듯 놀란 표정을 전혀 드러내지 않았다.

은근한 눈으로 날 바라보는 모습이 상당히 뿌듯해하는 것 같았다.

겨울 동안 몸무게를 늘려야 한다는 생각에 이것저것 가리지 않고 잘 먹었더니 키가 2㎝나 더 커서 이제는 188㎝가 되었고, 몸무게도 6㎏이 늘어서 83㎏이 되어 있었다.

생각보다 몸무게가 너무 많이 늘어서 걱정을 하는 날, 최상호 코치와 아버지는 절대 많이 나가는 체중이 아니라면서 프로 선수가 되면 체력을 유지하기 위해서라도 몸무게는 지속적으로 꾸준히 늘려야 한다고 했다.

키가 크고 몸무게가 늘어난 것보다 날 기쁘게 한 건 바로 146㎞에서 도통 늘지 않던 구속이 드디어 150㎞까지 늘어났다는 사실이다.

키가 커지고 체중이 늘어서 그런 것도 있겠지만, 확실히 이번 동계 훈련과 병행하며 꾸준히 한 손가락 운동이 어느 정도 영향을 준 것 같았다.

"구위가 훨씬 더 좋아졌다. 볼 끝이 상당히 묵직해졌고 회전력도 확실히 더 늘어났다. 무브먼트가 살짝 아쉽기는 하지만 이만하면 고교 선수들 중엔 네 공을 정면으로 승부해서 힘으로 이기는 놈을 찾기 쉽지 않을 거다. 축하한다."

"감사합니다!"

하늘을 나는 것 같다는 기분이 무엇인지 알 수 있었다.

그렇게 내 겨울 방학이 끝났고, 고교 2학년이 되었다.

\*       \*       \*

고교 야구부에서 가장 바쁜 이들은 2학년생이다.

3학년은 조급하다.

당장 졸업 전에 대학 진학이나, 국내외 신인 드래프트 시장에 나가야 하기 때문에 막바지 실력 향상에 모든 것을 쏟아 부어야만 했다.

인생에 있어 가장 중요한 첫 단추를 어떻게 끼느냐였기에 실질적으로 야구 연습을 제외하면 야구부에서 하는 활동이 그리 많지 않았다.

반면 2학년은 내년을 위해 연습도 해야 하고, 야구부 단속과 동시에 신입생으로 들어온 1학년 교육까지 책임져야 하니 어느 한 가지에만 집중하기가 힘들었다.

"선배님, 안녕하십니까!"

점심을 먹고 교실로 향하던 중 복도에서 마주친 1학년 신입생이 꾸벅 고개를 숙이며 인사를 했다.

일석 고교 야구부만의 엄격한 규율로 인해 후배는 선배를 만나면 언제나 저렇게 인사를 했고, 일반 학생들은 그 모습을 상당히 신기해했다.

"그래."

간단하게 대답만 해주고 옆을 지나치려고 하는데 신입생이 곁으로 달라붙었다.

"선배님, 정말 뵙고 싶었습니다! 명성 중학교에서 선배님께서 혼자만의 힘으로 2년 연속 전국대회 우승과 MVP를 차지하는 모습을 보고 선배님처럼 되고 싶다고 열심히 노력했고, 그 결과 일석 고교에 입학할 수 있었습니다! 감사합니다!"

혼자만의 힘으로?

절대 아니다.

야구는 혼자서 하는 운동이 아니다.

투수라는 포지션이 경기를 이끌어 나가고 승패를 좌우하는 키 플레이인 건 사실이지만, 투수가 아무리 잘 던진다 하더라도 수비의 도움, 타자들의 공격이 없다면 절대 승리를 할 수 없는 스포츠가 야구다.

"야구는 혼자 잘한다고 되는 게 아니야. 네 노력을 나 때문이라고 말하지도 말고."

내가 나지막하게 지적을 하자 신입생이 멋쩍게 웃으며 뒷머리를 긁적거렸다.

순박하게 생긴 얼굴에 성격까지 싹싹하니 마음에 드는 신입생이었다.

"어디 졸업했어?"

"백석 중학교입니다!"

대답을 하는 신입생의 목소리에 자부심이 가득했다.

중학 야구에서 전국 랭킹 1, 2위를 다투는 명문 출신이니 자부심을 가질 만했다.

안타깝게도 명성 중학교는 내가 졸업하는 것과 동시에 더 이상 전국대회에서 우승을 차지하지 못했다.

어쩌면 그런 명성 중학교의 실력을 빗대어 나에게 혼자만의 힘으로 명성 중학교를 2년 연속 우승으로 이끌었다고 말한 것인지도 몰랐다.

아쉬운 일이지만, 명성 중학교의 실력은 전국대회 4강까지가 한계였다.

대진표 운이 좋다면 결승까지 갈 수도 있지만, 그렇다 하더라도 결승 단골이라 불리는 동학이나 백석 중학교를 이기는 일은 쉽지 않았다.

그 결과 내가 졸업한 이후, 기다렸다는 듯 모든 대회에서 동학과 백석 중학교가 우승을 차지해 버렸다.

백석 중학교라면 내가 명성중 3학년 때, KBO중학 야구 대전 4강에서 만난 적이 있다.

내 옆에 달라붙어 있는 신입생이 나보다 한 살 어렸으니 당시 2학년이었을 테고, 나에게 모교가 박살 나는 모습을 똑똑히 봤을 거다.

"이름이 뭐라고 했지?"

"고국진입니다!"

"고국진?"

낯설지 않은 이름이다.

장형수가 신입생들에 대해 내게 신 나서 이야기를 할 때 가장 많이 거론된 이름이었으니까.

신입생의 얼굴을 다시 한 번 바라봤다.

나와 같은 보직인 투수로서 전국 중학 선수 랭킹 투수 부문 1위에 오른 녀석이다.

130㎞ 초중반의 직구에 투심과 체인지업을 꽤 능숙하게 던질 줄 아는 투수라고 들었다.

키는 나보다 조금 더 작았으니 이제 막 중학교를 졸업한 녀석 치고는 꽤 큰 편이었다.

하지만 바짝 마른 체형이 마운드 위에 섰을 때 타자를 압박하기에는 부족해 보였다.

그런데 내 눈에 한 가지 특이한 점이 들어왔다.

"팔이 기네."

"예. 제가 좀 팔이 깁니다."

키는 나보다 작은데 팔은 나보다 훨씬 길었다.

언뜻 보기에는 기형이라 불러도 될 정도였다.

팔 길이만큼이나 손가락도 길었다.

호불호가 있지만, 내가 생각하기에 투수에게 있어 팔과 손가락이 길다는 건 우선적으로는 남들보다 유리한 조건이라 생각했다.

물론 투구 밸런스와 릴리스 포인트를 제대로 잡지 못하면 오히려 투구 시 방해가 된다.

하지만 제대로 밸런스와 릴리스 포인트만 잡는다면 긴 팔과 긴 손가락에서 구사되는 공의 위력은 굉장해질 것이 분명했다.

특별히 어깨와 팔꿈치를 잘 관리하라는 말을 해주려다 말았다.

고작 한 살 더 많은 내가 조언을 하기도 그랬고, 그런 부분은 코치와 감독의 몫이었다.

"선배님! 안녕하십니까!"

신입생이 앞으로 튀어나가며 고개를 꾸벅 숙이며 인사를 했다.

인사를 받은 대상은 송종섭이었다.

제주도 동계 훈련에서 무단이탈을 했던 송종섭은 외삼촌인 정해용 코치의 필사적인 노력으로 인해 보름 근신 처분을 받음으로써 제명이라는 칼날은 피할 수 있었다.

송종섭은 신입생의 인사를 무시하며 내 쪽으로 걸어왔다.

"전국 랭킹 1위, 어깨는 어떻게 좀 나아졌냐?"

다분히 시비조에 조롱기가 가득한 말이었다.

송종섭이 그랬던 것처럼 나 역시 그를 무시하며 옆을 지나치려고 했다.

내 어깨를 잡지 않았다면 그랬을 거다.

"씨발, 사람이 말을 하면 들어 처먹어야 할 거 아냐? 후배 새끼가 눈깔 뜨고 쳐다보는데 쪽팔리게."

사납게 인상을 구기며 날 노려보는 송종섭의 눈동자는 제주도에서 봤던 불량기가 가득한 눈이었다.

당장에라도 주먹을 날릴 것 같았다.

"놔."

송종섭과 같은 놈과는 많은 말을 섞고 싶지 않았기에 단호하게 말했다.

"오 씨발, 살벌한데? 한 대 치겠다?"

"못 할 것 같아?"

"자신은 있고?"

비릿하게 웃으며 송종섭이 날 깔아봤다.

곁에 있던 신입생은 분위기가 험악해지자 안절부절못하는 표정이었고, 복도 주변의 학생들 또한 나와 송종섭이 당장에라도 싸울 것 같자 멀찍이 떨어져서 쳐다보고 있었다.

싸우면 내가 손해를 본다는 걸 알지만, 송종섭과 같은 놈에게 얕보이고 싶지 않은 마음이 더 컸기에 물러설 생각이 조금도 없었다.

오른쪽 어깨를 잡고 있는 송종섭의 손목을 왼손으로 움켜쥐었다.

내가 가진 힘을 모두 동원하자 송종섭의 얼굴이 눈에 띄게 일그러졌다.

"씨발……."

"다물어. 너 따위 쓰레기 때문에 야구부 전체를 욕되게 하지 말고."

"이 개새……."

"너희들 뭐 하는 거야!"

송종섭이 주먹을 들어 올리는 순간, 학생들 사이에서 선생님이 나타났다.

선생님의 등장으로 상황이 정리되었다.

송종섭은 두고 보자며 이를 갈며 자신의 교실로 돌아갔고, 신입생은 선생님이 학생들 사이로 사라지고 나서도 내곁에서 가만히 서 있기만 했다.

그만 가보라고 말을 하자 그제야 꾸벅 인사를 하고는 자신의 교실로 서둘러 돌아갔다.

신입생이 돌아가는 모습을 바라보다 교실로 향하며 눈을 찌푸렸다.

송종섭의 존재가 아무래도 껄끄러웠다.

\*　　　\*　　　\*

"선발은 차지혁이다."

감독의 말에도 주변에선 어떠한 소란도 없었다.

그럴 줄 알았다는 반응이 대부분이었다.

다만 한쪽에 서 있는 2명의 3학년 선배들만이 애써 주변 시선을 외면하듯 고개를 돌리고 있을 뿐이었다.

대망의 결승전이다.

이번 주에 벌어지는 78회 황금사자기 결승전에 3학년 투수가 아닌 2학년 투수인 내가 선발로 마운드에 오르게 됐다.

실력이 좋아서 결승전에 선발 투수가 된 것도 있지만, 사정이 있어서다.

현재 우리 야구부의 에이스는 3학년 재석 선배다.

아무리 내가 실력이 뛰어나다 하더라도 인생이 걸린 3학년 선배들을 밀어내면서까지 대회에 선발로 나갈 순 없었다.

감독이나 코치도 선배들을 자극하기 위해 그저 한 말이지, 실제로는 날 선발로 올릴 생각이 조금도 없었다.

그런데 재석 선배가 대회 첫 경기에서 팔꿈치 통증을 호소를 했고, 경기 이후 병원 검사에서 팔꿈치 염좌라며 당분간 치료를 받아야 한다는 판정을 받았다.

3학년인 재석 선배에게는 청천 하늘에 날벼락이었다.

당장 올해 있을 국내외 신인 드래프트를 생각한다면 오랜 시간을 부상 치료에 매달릴 수가 없었다.

병원에서는 심한 부상이 아니니 한 달 정도 집중적으로 치료를 하면 완치가 될 수 있다고 했지만, 재석 선배로서는 한 달이라는 시간이 너무 아쉬울 수밖에 없었다.

에이스인 재석 선배가 빠지자 당연히 다른 3학년 투수인 기홍 선배와 민교 선배에게 기회가 주어졌다.

재석 선배 다음으로 에이스의 자격을 갖췄다고 평가를

받는 기홍 선배는 이번에 자신의 실력을 확실하게 보여야
한다는 부담감에 무리를 했고, 그 결과 두 경기에서 13점이
나 실점을 하고 말았다.

평소 실력에 어울리지 않는 최악의 피칭이었다.

가까스로 타선에서 점수를 내줬기에 두 번이나 아슬아슬
하게 승리를 했고, 전국 최강이라는 이름에 먹칠을 했다는
이유로 감독과 코치들의 외면을 받고 말았다.

무엇보다 멘탈이 완전히 무너졌기에 또다시 마운드에 올
리는 것 자체가 기홍 선배를 망치는 일이라 어쩔 수 없이
선발에서 제외되고 말았다.

이런 부분은 시간이 해결을 해줄 수밖에 없었다.

기홍 선배 다음으로 경기에 나선 민교 선배는 제법 안정
적인 피칭으로 마운드를 지켜줬다.

그런데 준결승 마지막 이닝, 그것도 마지막 아웃 카운트
를 남겨두고 팔에 타구를 맞고 말았다.

큰 부상은 아니었지만, 뼈에 금이 가서 기브스를 해야만
했다.

그나마 투구를 하는 오른손이 아니었기에 다행이라 여기
는 중이었다.

3명이나 되는 3학년 투수들이 모조리 부상과 부진으로
결승전을 남겨두고 마운드에 오를 수가 없게 된 거다.

그러다 보니 자연스럽게 2학년 중 가장 실력이 뛰어난 내가 선발로 경기에 나설 수밖에 없었다.

"포수는 황찬이로 간다."

감독의 말에 은근히 기대를 하고 있던 장형수가 작게 한숨을 내쉬며 고개를 떨궜다.

나 역시 나와 호흡이 잘 맞는 장형수가 포스 마스크를 쓸 줄 알았는데 의외로 3학년 주전 포수인 황찬 선배가 선발이 되자 살짝 걱정이 됐다.

투수는 굉장히 예민한 포지션이라 조금만 주변 상황이 바뀌어도 투구 밸런스가 깨지고 만다.

또 멘탈적인 부분에서도 문제가 생길 수 있기에 모든 투수들은 자신과 궁합이 맞는 포수가 공을 받아주길 원한다.

감독이 자리를 떠나자, 코치가 나와 황찬 선배를 불렀다.

"황찬아, 네가 선배니까 지혁이 리드 잘 이끌어라. 지혁이도 경기 전까지 황찬이랑 호흡 잘 맞춰두고."

"예! 걱정 마십시오!"

"알겠습니다."

믿는다며 황찬 선배의 어깨를 가볍게 두드려 주고 코치가 자리를 떴다.

"오후 연습 때부터 천천히 호흡을 맞춰보자."

"네, 선배님."

황찬 선배는 오후에 보자면서 돌아섰고, 그렇게 선배가 멀어지자 뜨거운 눈으로 날 바라보고 있던 장형수가 득달같이 달려왔다.

"마누라가 옆에 있는데 바람을 피우다니!"

"날 탓하기 전에 감독님을 찾아가."

내 말에 장형수가 아무런 말도 하지 않고 입을 다물었다.

하지만 여전히 날 바라보는 눈빛은 배신자를 쳐다보듯 하고 있었다.

그렇지 않아도 익숙하지 않은 황천 선배와 배터리를 이뤄야 한다는 사실이 영 껄끄러운데 장형수까지 옆에서 신경을 거슬리게 만들자 짜증이 확 났다.

그렇다고 당장 이번 주 시합을 앞두고 컨디션을 망칠 수 없었기에 얼른 자리를 떠 교실로 향했다.

3일 동안 황찬 선배와 호흡을 맞췄다.

그리고 토요일이 되자 대망의 78회 황금사자기 결승전이 벌어졌다.

"우리는 일석 고교다! 오늘 경기에서 우리가 왜 전국 최강인지 확실하게 보여줘라!"

감독의 말에 모든 선수들이 목청껏 파이팅을 외쳤다.

1회 초 상대 팀 공격을 막기 위해 주전 선수들이 하나둘 그라운드로 뛰어나갔다.

햇살이 눈부시게 내리쬐는 5월의 마지막 주 토요일, 고교생이 된 이후 처음으로 정식 대회 선발 투수로 나는 마운드에 올랐다.

*　　　*　　　*

부웅—!

퍼엉!

"헛스윙! 삼진 아웃!"


—또다시 한 번 헛스윙을 이끌어내며 삼진으로 타자를 돌려세웁니다!

—이번에도 파워 커브였습니다. 고교 선수가 저 정도의 파워 커브를 구사할 줄 안다는 사실이 믿겨지지 않을 정도입니다. 사실, 파워 커브라는 구종 자체가 일반적인 커브와는 다르게 손목을 틀지 않기 때문에 웬만한 손가락 힘만으로는 던질 수가 없는 구종입니다. 설령 던질 수 있다 하더라도 제대로 구사하지 못하면 아주 밋밋한 직구가 될 수 있기에 실투의 확률도 높고, 제구력에 어려움을 겪는 구종입

니다.

　—그렇습니까? 하지만 김종도 해설위원께서 말씀하신 것과 다르게 차지혁 선수가 지금까지 던진 파워 커브는 모두 제대로 구사가 되며, 단 하나의 실투도 기록하지 않고 있습니다. 다시 말하면 과연 파워 커브가 생각만큼 던지기 힘든 구종인가를 다시 한 번 생각하게 만들어 놓고 있다는 사실입니다.

　—그렇기에 더 놀랍다는 사실입니다. 프로 선수라 하더라도 종종 실투를 던지거나, 제구력을 제대로 잡지 못하는 경우가 많은데 이제 고교 2학년 선수가 저 정도 완벽한 파워 커브를 구사한다는 건 정말 대단한 일입니다. 보셨다시피 현재 진영 고등학교의 타자들은 차지혁 선수의 파워 커브에 속수무책으로 삼진을 당하고 있질 않습니까?

　—말씀하시는 순간, 루킹 삼진! 또다시 차지혁 선수가 진영 고교 타자를 삼진으로 잡아냈습니다! 이번에는 148㎞의 빠른 패스트볼이 타자의 몸 쪽을 꽉 차게 들어오며 꼼짝도 못하고 삼진을 당하고 말았습니다! 이번 이닝 역시 세 타자 연속 삼진으로 이닝을 마무리합니다! 정말 대단합니다! 이것으로 4이닝 12탈삼진으로 퍼펙트의 기록을 세워나가고 있습니다! 현재 고교 야구에서 최다 탈삼진 신기록은 대구 명원고 '장성민 선수'가 기록한 10이닝 26탈삼진입니다.

차지혁 선수의 경우 일석 고교의 타선이 워낙 막강해서 7이닝까지 갈 수나 있을지 모르겠습니다만, 12연속 탈삼진 기록은 국내외 모든 기록을 통틀어 최초입니다. 그리고 아직 그 기록은 깨지지 않고 있기에 오늘 전 세계가 깜짝 놀랄 만한 기록이 나올 것은 확실합니다!

―차지혁 선수에 대한 소문은 익히 들어서 잘 알고 있습니다만, 저 정도로 훌륭한 선수일 줄은 몰랐습니다. 제가 지금까지 많은 고교 야구를 봐왔지만 저렇게 압도적인 피칭을 해나가는 선수는 본 적이 없었습니다.

―맞습니다. 차지혁 선수는 이제 고교 2학년 선수지만 빠른 패스트볼과 파워 커브만으로 진영 고교 타선을 완벽하게 틀어막고 있습니다. 이런 표현은 그렇지만 마치 차지혁 선수의 피칭을 보고 있으니, 프로 선수가 마운드에 올라와 고교 선수를 상대하는 것이 아닌가 싶을 정도입니다.

―오늘 황금사자기 결승 명단을 보고 놀란 면이 없잖아 있었습니다. 고교 최강 넘버원이라 불리는 일석 고교는 언제나 3학년 투수가 선발로 마운드에 오르지 않았습니까? 그런데 오늘 2학년 차지혁 선수가 선발 투수라는 사실을 확인하고는 조금 의아해했습니다. 하지만 차지혁 선수 스스로 대단한 피칭을 보여주며 김황석 감독의 선택이 틀리지

않았다는 걸 증명해 주고 있습니다. 현재 차지혁 선수가 던지고 있는 140㎞ 후반의 빠른 패스트볼과 120㎞ 초중반의 파워 커브는 아마 오늘 경기가 끝나기 전까지 진영 고교 타자들이 공략하기 쉽지 않을 것 같습니다.

─일석 고교에서 2학년 선수가 선발로 대회 결승에 오른 건 21년 만이라고 합니다. 아! 일석 고교 3번 타자 주형민 선수의 타구가 크게 날아갑니다. 큽니다! 큽니다! 우익수 뒤로 달려가다 펜스를 확인하고는 멈춰 섰습니다! 넘어갔습니다! 홈런입니다!

"어깨는 어때?"

투수 코치가 곁으로 다가와 물었다.

"좋습니다."

"오늘 정말 잘 던져 주고 있다. 너무 무리할 필요 없으니까 수비 믿고 쉽게 가도록 해라."

"네."

대답과 다르게 나는 절대 쉽게 갈 생각이 없었다.

수비를 못 믿는 건 아니다.

내 뒤를 든든하게 지켜주는 야수들은 일석 고교 3학년 선수들이다.

그 어떤 학교보다 수비 실력이 뛰어난 선수들이니 이런

야수들을 믿지 못한다는 건 말이 되지 않는 소리다.

하지만 오늘만큼은 최악의 선수들이 수비를 하고 있다고 여기면서 투구를 할 작정이었다.

퍼펙트.

머릿속에 담겨 있는 단 하나의 단어다.

처음에는 내 공이 고교 리그에서 어느 정도나 통할까 싶은 호기심과 투지만 있었다.

자신감도 있었지만, 명색이 전국대회 결승까지 올라온 상대였으니 쉽지는 않을 거라 여겼다.

그런데 결과는 놀랍게도 4이닝 동안 모든 타자를 삼진으로 돌려세워 버렸다.

구석구석 송곳처럼 찌르고 들어가는 빠른 직구와 베스트라 불러도 좋을 파워 커브의 제구력은 흔한 말로 완벽하게 긁히는 날이다.

이런 날은 세상 그 어떤 투수라도 욕심을 부릴 만하다.

무엇보다 12타자 연속 삼진이라는 말도 안 되는 기록을 세우고 있었다.

스스로도 믿기지 않는 일인데 다른 사람들은 어떨까?

삼진 기록에 연연할 필요는 없지만, 그렇다고 쉽게 포기할 이유도 없었다.

이 정도 던졌으니 충분하다?

그건 말 같지도 않은 소리다.

이 정도 던졌으면 그 이상도 던질 수 있다는 의미다.

고교 리그 역사에 남을 최고의 피칭을 보여주고 싶었다.

그 어떤 선수도 뛰어넘을 수 없는 불멸의 기록!

현재 고민 중인 건 커터를 던지느냐 마느냐였다.

아직 배움의 시간이 짧았다.

무브먼트는 배운 시간에 비해 제법 훌륭하다 칭찬을 받을 만했지만 문제는 제구력이다.

아직까지 커터를 원하는 곳에 찔러 넣을 제구력이 없었다.

그 말은 실투가 나올 수 있다는 뜻이고, 결정구로서의 효용 가치가 없다는 소리다.

'초구에 한 번씩만 던져서 타자의 머리를 복잡하게 만들자.'

초구에 커터를 던진다.

직구와 파워 커브만을 생각하고 있는 타자들에게 커터까지 있다는 점을 노출시켜서 수 싸움을 유리하게 가져간다.

진영 고교 측에서도 어차피 직구를 노리라고 주문할 게 뻔했다.

현재 내가 던지는 파워 커브는 오늘 경기에서 어떻게 해

볼 수 있는 수준이 아니라는 걸 잘 알고 있으니 결국 노리고 칠 수 있는 건 직구뿐이다.

그렇다면 내가 할 수 있는 건?

"선배님."

"으, 응?"

내가 말을 걸자 오늘 경기에서 나와 배터리를 맞추고 있는 황찬 선배가 당황한 모습으로 날 바라봤다.

현재 12타자 연속 삼진이라는 말 같지 않은 기록을 이어가고 있는 중이라 더그아웃에서 후배와 동기는 물론 선배들까지도 내 주변에서 멀찍이 떨어져 있는 상태였다.

완벽한 피칭을 이어나가고 있는 투수에 대한 배려심이다.

경기만을 생각할 수 있도록 해주니 고마웠다.

"이게 커터 사인 맞습니까?"

선배들이 사용하던 커터 사인을 표시하자 황찬 선배가 가만히 날 바라봤다.

"너 커터도 던져?"

"배우고 있는 중입니다. 그런데 제구력이 좋질 못해서 선배님께서 잘 잡아주셔야 합니다. 부탁드리겠습니다."

꾸벅 고개를 숙이자 황찬 선배는 걱정 말라는 듯 대답했다.

"어차피 투수가 던지는 공 잡아주는 사람이 포수인데 부탁까지 할 건 없지. 그보다 제구가 안 잡히는 공이면 던지지 않는 편이 좋지 않겠어? 지금 페이스에서 괜히……."

말끝을 흐렸다.

안 좋은 소리를 했다가 그대로 이뤄지면 원망을 들을 수 있다 생각하는 것 같았다.

"결정구로는 사용할 수 없지만, 초구에 한 번씩 던져 보면 괜찮을 것 같습니다."

"초구?"

"네."

황찬 선배는 내가 의도하는 바가 무엇인지를 곧바로 깨달았는지 의미심장하게 웃었다.

마지막 아웃 카운트가 중견수 플라이로 잡히면서 공수 교대가 이뤄졌다.

마운드 흙을 고른 후에 로진백을 손에 묻혔다.

경기를 시작하라는 심판의 사인에 타자 박스에 선 진영고교 4번 타자를 바라봤다.

체격이 상당히 좋았다.

대기 타석에서 스윙하는 폼을 봤을 때, 전형적인 파워 히터로 걸리면 넘어가는 위험한 타자다.

컨택 능력이 어떤지는 모르겠지만, 날 잡아 먹을 듯 노려

보고 있는 두 눈동자와 배트를 쥔 손을 연신 꼼지락거리는 모습이 성급해 보였다.

몸 쪽 직구를 던져 달라는 황찬 선배의 사인을 거부하며 곧바로 커터 사인을 보냈다.

두말하지 않고 고개를 끄덕인 황찬 선배는 살짝 미트를 타자 몸 쪽 아래로 향했다.

호흡을 고르며 와인드업을 하고 커터를 던졌다.

쇄애애액—!

직구에 준하는 빠른 속도로 날아가는 커터에 진영 고교 4번 타자가 입가를 꿈틀거리며 배트를 힘껏 휘둘렀다.

이걸로 연속 12타자 12삼진의 기록은 물론, 굴욕의 퍼펙트까지 깨버린다는 의지가 마운드까지 전해졌다.

아무리 직구 구위가 좋다 하더라도 한복판으로 날아오는 직구를 치지 못할 정도로 형편없는 타자는 아니라는 듯 벼락처럼 튀어 나오는 배트는 당장에라도 공을 담장 너머로 날려 버릴 것만 같았다.

가운데 한복판으로 날아가던 공이 돌연 타자 몸 쪽 아래로 살짝 떨어졌다.

딱!

"악!"

배트 타격에서 손잡이 부분으로 이어지는 얇은 부분 아

래에 공이 맞았다.

타구는 곧바로 타자의 왼쪽 정강이를 가격했고, 그대로 타자가 타자 박스에서 주저앉았다.

내 예상보다 떨어지는 각도가 부족해서 배트에 맞고 말았다.

역시 커터는 제구력이 중요하다는 걸 다시 한 번 알 수 있었다.

자신이 친 타구를 맞은 타자는 한참 만에 일어났다.

아직까지 고통이 남아 있는지 얼굴을 찌푸린 모습에서 제대로 된 타격을 할 수 있을까 싶었다.

그럼에도 고통을 참고 타석에 서려는 모습을 보니 고교 3학년의 치열함과 안쓰러움이 동시에 들었다.

그렇다고 상대를 동정할 필요도, 여유도 없었다.

두 번째 공은 타자 몸 쪽 아래를 파고 들어가는 직구.

"스트라이크!"

타자는 꼼짝도 못하고 스트라이크를 내주고 말았다.

왼쪽 다리에서 느껴지는 통증 때문에 제대로 된 타격을 하기도 힘들었고, 한다 하더라도 파울이나 치는 게 최선임을 알기에 잔뜩 찌푸린 얼굴로 날 노려보기만 했다.

2스트라이크 노볼.

이제 타자의 머릿속에 들어가 있는 공은 하나밖에 없다.

파워 커브.

오늘 경기에서 단 한 명도 제대로 건드리지 못한 파워 커브였기에 타자는 자연스럽게 내가 파워 커브로 삼진을 잡아 낼 것이라고 확신하고 있을게 뻔했다.

황찬 선배도 결정구로 파워 커브 사인을 냈다.

누가 봐도 결정구로 파워 커브를 선택할 거라는 건 당연한 결과였다.

그러나 투수는 예측이 가능하면 절대 살아남을 수 없는 포지션.

나는 황천 선배에게 직구 높은 볼을 던지겠다고 사인을 줬다.

굳이 볼을 던져 투구수를 늘릴 필요가 없다 여기겠지만, 내 생각은 달랐다.

대다수의 타자들은 카운트가 몰리면 의외로 눈에 쏙 들어오는 높은 볼에 배트가 쉽게 나오는 경향이 있다.

프로들조차 허다하게 속는 볼이니 아직 성장 중인 고교 선수라면 두말할 것도 없다.

처음과는 다르게 몸을 웅크리고 있는 타자는 파워 커브를 어떻게든 쳐보겠다는 의욕을 불태우고 있었다.

그런 타자의 눈높이에 수박만 하게 보이는 높은 직구를 던졌다.

부웅―!

"스윙! 삼진 아웃!"

안쓰러울 정도로 헛방망이질을 하며 타자가 삼진으로 아웃되자 그는 분한 듯 배트로 땅바닥을 두어 차례 내려치고는 더그아웃으로 힘없이 걸어 들어갔다.

이걸로 13연속 삼진이라는 대기록을 이어나갔고, 퍼펙트 게임 역시 진행 중이다.

*      *      *

"삼진 아웃!"

심판의 우렁찬 외침에 타자는 들고 있던 방망이로 홈플레이트를 내려쳤다.

마운드에 선 나한테까지 들릴 정도로 욕설도 했기에 심판이 경고를 줬다.

타자의 입장을 이해하지 못하는 건 아니지만, 고교 선수라는 점을 떠올리면 마땅히 경고를 받을 만한 행동이었다.

심판에게 경고를 받고 축 늘어진 어깨로 터덜터덜 더그아웃으로 향하는 진영 고교 타자의 모습을 바라보다 등 뒤로 고개를 돌려 전광판을 바라봤다.

6회 초 진영 고교의 공격이 진행 중이었다.

방금 선두 타자를 삼진으로 돌려세우면서 아웃 카운트에 붉은빛 하나가 들어와 있었다.

오늘 타자 박스에 선 모든 타자들을 삼진으로 돌려세웠다.

연속 16K.

아무리 고교 리그라지만 말이 되지 않을 대기록이다.

"앞으로 두 명인가?"

스코어는 9 : 0.

점수 차에 따른 콜드 게임 규정에 의해 5회, 6회에 10점 차이가 나면 콜드승으로 게임이 종료된다.

아직 1점이 부족했지만, 6회 말 일석 고교 타선이 1번 타자부터 시작되니 1점 정도는 충분히 뽑아낼 수 있었다.

그러니 6회가 내가 던지는 마지막 이닝이 될 확률이 컸다.

80구. 5 1/3이닝 동안 던진 총 투구수였다.

기록적인 삼진쇼를 선보이다 보니 자연스럽게 투구수가 많을 수밖에 없었다.

고교 리그에서 한 투수가 한 경기에서 던질 수 있는 최대 투구수는 100구다.

한창 성장 중인 고교 투수를 보호하기 위한 장치였기에 만약 6회 말에서 타자들이 1점을 뽑지 못하면 자연스럽게 7회 초 마운드에 올라야 하는 내겐 투구수가 큰 변수가 될 수 있었다.

연속 타자 삼진 기록은 충분했다.

중요한 건 퍼펙트다.

6회 말 타선이 1점을 뽑지 못한다는 걸 가정했을 때, 20구만으로 5명의 타자를 아웃시켜야 한다.

분할하면 한 명의 타자를 상대로 4구 이상을 던져선 안 된다.

한계 투구수가 100구라 하더라도 단 1개의 공이라도 여유가 남아 있을 경우 타자 한 명까지는 승부가 가능했다.

19개의 공으로 4명만 잡아내도 5번째 타자까지는 상대가 가능했지만, 투구수의 여유가 늘어나는 건 아니다.

그렇다고 지금처럼 해왔던 투구 스타일을 바꿀 순 없다.

16타자 연속 삼진이라는 대기록과 퍼펙트를 이어나갈 수 있었던 원동력이 지금의 투구 스타일에 있었다.

전국 최강의 야수들이 든든하게 뒤를 지켜주고 있었지만, 그들을 머릿속에서 지워 버림으로써 더욱 집중해서 타자와 승부를 할 수 있었다.

이제와 야수들의 도움을 바란다?

야구라는 종목의 특성상 반드시 지향해야 할 점이지만, 퍼펙트라는 대기록을 앞두고 있는 투수의 뒤에 선 야수들의 심정은 그 여느 때보다도 긴장감이 팽배한 상황이라 언제 터질지 모르는 시한폭탄과도 같았다.

묻질 않아도 야수들이 현재 어떤 생각을 가지고 있는지 충분히 예상 가능했다.

지금처럼 삼진으로 타자를 잡아줘!

절대 내 쪽으로 타구가 날아오지 않기를!

제아무리 수비 능력이 뛰어난 프로 리그 최고의 선수라하더라도 퍼펙트를 향해 달려가는 투수의 뒤에 서게 되면 극도로 긴장을 하게 된다.

평범한 타구에도 몸이 굳거나 긴장해서 안 하던 실수를 저지를 경우가 생겨난다.

다른 때보다 에러가 나올 확률이 높아질 수밖에 없다.

'빠르게 승부를 가져가는 방법밖에 없어.'

야수를 못 믿어서도 아니고, 혼자 야구를 하겠다는 것도 아니다.

내가 할 수 있는 최선을 다한다는 마음가짐이다.

안타를 맞는다 하더라도 전적으로 내 탓이고, 야수가 수비 실책을 범한다 하더라도 그 역시 내 탓이라 여겨야 한다.

투수는 그런 포지션이다.

모든 걸 홀로 책임져야 하고 당연히 그럴 줄 알아야 한다.

타석에 들어서는 진영 고교 17번째 타자는 앞선 타석에서 삼진으로 물러났던 선발 출전한 8번 타자가 아니었다.

대타인지, 교체인지 상당히 날렵하게 생긴 타자가 아주 짧게 배트를 쥐고 타자 박스에 들어섰다.

눈에 뻔히 보이는 의도였다.


―진영 고교 양문수 감독이 타자를 교체했습니다. 교체된 선수는… 박광현 선수로 의외로 1학년 선수입니다. 현재 열여섯 타자 연속 삼진이라는 대기록을 세우고 있는 차지혁 선수의 상대로는 많이 부족하지 않을까 싶습니다. 김종도 해설위원께서는 어떻게 생각하십니까?

―확실히 차지혁 선수를 상대로 양문수 감독이 내놓은 대타 박광현 선수는 여러모로 부족한 부분이 많이 있어 보입니다. 도대체 무슨 의도로 1학년 선수를 대타로 내세웠는지 의문스럽네요.

―자료를 살펴보니 재밌는 점이 발견되었습니다. 진영

고교의 대타로 나온 박광현 선수는 백화 초등학교에서 야구를 시작했습니다만, 6학년 때 단거리 육상 선수로 전향해서 중학교 2학년 때 전국소년체육대회에서 100미터를 11.25로 뛰어 대회 결승에서 4위까지 했던 이력이 있습니다.

─특이한 이력을 가진 선수군요. 주력이 굉장히 뛰어난 선수라는 건데 그렇다면 양문수 감독의 노림수는 두 가지로 압축을 할 수 있습니다. 우선 첫 번째는…….

─박광현 선수 번트 자세를 취하고 있습니다! 지금까지 진영 고교에서 딱 한 번의 번트 시도를 했습니다만, 차지혁 선수가 위력적으로 공을 몸 쪽으로 바짝 붙이는 바람에 제대로 된 번트를 댈 수가 없었습니다. 무엇보다 현재 대기록을 이어나가고 있는 차지혁 선수를 상대로 번트를 대는 것이 여러모로 좋을 것 없기에 의도적으로 피해왔었는데 더 이상은 참을 수가 없다 판단을 내린 것 같습니다.

─그렇습니다. 지금과 같은 상황에서 차지혁 선수를 가로막을 수 있는 유일한 승부수는 번트인데, 양문수 감독도 더 이상은 안 되겠다 결정을 내린 듯 보입니다. 사실 오늘과 같은 경기에서 번트로 차지혁 선수의 기록을 깨버리면 그 비난 여론이 상당할 수밖에 없기에 양문수 감독으로서도 쉽사리 결정을 내릴 수가 없었을 겁니다.

─말씀드리는 사이 차지혁 선수 초구를 던졌습니다!

"윽!"

타자가 화들짝 놀라며 뒤로 물러나는 모습을 보며 담담하게 황찬 선배가 던져 주는 공을 받았다.

번트 작전이 나올 줄 알았다.

하지만 번트 작전이 나왔다고 해서 그것이 성공한다는 보장은 없다.

일반적으로 번트를 시도하면 쉽게 성공할 거라 여기는 사람들이 많지만, 실제로 번트는 결코 쉬운 게 아니다.

오죽하면 3할을 치는 타자도 번트만으로 3할의 타율을 칠 수 있다고는 자신할 수 없었다.

무서운 속도로 날아오는 공을 향해 몸을 웅크린 상태에서 배트를 갖다 대는 것 자체가 상당한 용기였고, 그런 공을 정확하게 맞춰서 살아난다는 것 또한 상당히 힘든 일이었다.

타자가 번트를 대려고 하면 투수는 두 가지 중 하나를 선택해야만 한다.

번트를 댈 수 있는 공을 던져 타구를 유도해 손쉽게 아웃 카운트를 얻던가, 어렵게 공을 던져 쉽사리 번트를 댈 수 없도록 만들던가. 다만 후자를 선택할 경우 타자를 볼넷으로 출루시킬 확률이 급격하게 늘어난다.

퍼펙트를 위해서라면 당연히 후자를 선택해선 안 된다.

그렇다고 초구부터 쉽게 번트를 줄 순 없었기에 초구를 몸 쪽으로 바짝 붙여봤다.

간이 큰 타자였다면 물러나지 않고 몸을 비틀며 데드볼이라도 노렸겠지만, 현재 타석에 선 타자는 그럴 마음이 없는지 황급히 뒤로 물러났고 그 결과 상대 팀 더그아웃에서 코치가 상당히 화난 얼굴로 물러서지 말라며 소리를 내지르고 있었다.

울상으로 다시 타석에 선 타자는 여전히 번트 자세를 취하고 있었다.

두 번째 공을 파워 커브로 선택하곤 곧장 던졌다.

번트를 제대로 대지 않으면 결코 인플레이가 될 수 없는 공이었고, 볼이라 여기며 피한다 하더라도 스트라이크 존에 꽂히는 공이니 타자 입장에선 손해를 볼 수밖에 없는 공이었다.

홈플레이트 앞에서 급격하게 떨어지는 공을 타자는 볼이라 여기곤 배트를 뒤로 뺐다.

펑!

"스트라이크!"

1S 1B.

한 타자당 4개의 공밖에 여유가 없었으니 남은 2개의 공으로 승부를 봐야만 했다.

연속 삼진 기록이 조금 아쉽긴 했지만, 상대가 번트 작전으로 나오는 이상 무리할 필요가 없었기에 높은 스트라이크 존을 통과하는 빠른 직구를 던져 버렸다.

번트를 댄다 하더라도 허공을 뜰 가능성이 컸기에 쉽게 아웃카운트를 잡을 수 있었다.

탁!

배트에 맞은 공이 포수와 심판의 머리 뒤로 날아가며 파울이 되고 말았다.

타자는 2스트라이크가 되자 울상이 되어 더그아웃을 바라봤고, 상대 팀 감독과 코치의 표정도 썩 좋지 않았다.

코치의 사인을 받은 타자가 여전히 번트 모션을 취하고 있었다.

쓰리번트 아웃까지 염두 한 작전이었다.

황찬 선배는 고민 끝에 두 번째 공과 똑같은 코스로 파워 커브를 요구해 왔다.

번트를 잘못 댄다면 파울로 자동 아웃이고, 잘 댄다 하더라도 포수 앞에서 공이 놀게 되니 황찬 선배가 직접 타자를 처리하겠다는 의미였다.

—여전히 번트 자세로 서 있는 박광현 선수입니다. 카운트가 불리하기 때문에 자칫하면 쓰리번트 아웃을 당할 수도 있습니다.

—아웃을 당한다 하더라도 연속 타자 삼진 기록을 깨버림으로써 차지혁 선수를 흔들어 놓겠다는 진영 고교의 의지인 듯싶습니다. 정신적으로 투수만큼 힘든 포지션이 없기 때문에 차지혁 선수에게서 연속 탈삼진 기록을 깨버리면 자연스럽게 퍼펙트마저도 흔들릴 수가 있습니다.

—차지혁 선수 와인드업 합니다. 제4구 던졌습니다. 앗! 이게 뭡니까! 박광현 선수가 번트에 실패했습니다! 하지만 공이 뒤로 빠지면서 낫아웃 상황이 되었습니다! 포수 황찬 선수가 뒤로 빠진 공을 따라 황급히 움직이는 사이 박광현 선수 1루를 향해서 전력으로 달립니다! 박광현 선수 굉장히 빠릅니다! 황찬 선수 공을 잡아 그대로 1루로 던집니다! 동시에 박광현 선수도 1루 베이스를 밟고 지나갑니다!

모두의 시선이 1루심에게 고정되어 있었다.

오늘 경기에서 처음으로 파워 커브의 제구가 살짝 흔들리면서 내가 원했던 것보다 훨씬 더 아래로 떨어지고 말았다.

타자는 앞서 파워 커브에 스트라이크를 당한 기억 때문

인지, 번트에 대한 압박감 때문인지 무리하게 배트를 내밀다가 삼진을 당했다.

문제는 그 다음에 일어났다.

제구가 되지 않은 파워 커브가 황찬 선배의 미트 밑으로 빠져 버린 거다.

타자는 상대 팀 벤치에서 뛰라는 소리에 뒤도 돌아보지 않고 1루로 향했고, 포구에 실패한 황찬 선배도 허겁지겁 빠트린 공을 집어 1루로 던졌다.

공이 빨랐는지 타자가 빨랐는지는 솔직히 분간이 되질 않았다.

프로 리그에서는 비디오 판독이 일상이 되어 있었지만, 고교 리그에서 비디오 판독 같은 건 존재하지 않았기에 오로지 1루심의 재량에 맡길 수밖에 없었다.

1루심은 몇 초간 굳은 듯 서 있다가 눈을 질끈 감으며 오른 주먹을 앞으로 내밀었다.

"아웃!"

황찬 선배가 털썩 주저앉으며 크게 한숨을 내쉬었고, 1루를 향해 전력으로 뛴 타자는 억울하다는 듯 1루심을 바라봤다.

진영 고교 감독이 더그아웃에서 뛰쳐나와 1루심에게 항의를 해댔다.

솔직히 세이프를 선언했어도 할 말이 없는 상황이었다.

그만큼 타자가 빨랐기에 판정을 내리기가 쉽지 않았다.

소란스럽게 항의를 하던 진영 고교 감독은 판정을 번복할 수 없다는 1루심과 심판진 전체의 의견에 붉어진 얼굴로 씩씩거리며 더그아웃으로 돌아갈 수밖에 없었다.

5이닝을 장식할 마지막 타자와의 승부에서는 아쉽게도 번트를 허용했지만, 차분하게 아웃 카운트를 잡아냄으로써 여전히 퍼펙트인 상태로 이닝을 마칠 수 있었다.

따악!

"와아아아아!"

경쾌한 소리와 함께 중견수와 좌익수 사이에 타구가 떨어졌고, 2루에 있던 주자가 열심히 내달려 홈 베이스를 밟았다.

10 : 0.

6회 콜드로 일석 고교가 우승을 차지했다.

어느 누구도 일석 고교의 우승에 초점을 맞추지 않았다.

6이닝 동안 17명의 타자를 연속 삼진으로 잡아내며 고교 전국대회 두 번째 퍼펙트게임을 달성한 나에게만 모든 시선이 고정되어 있었다.

방송국 카메라가 날 찍었고, 여기저기서 카메라 플래시

가 요란하게 터졌다.

무엇보다 고작 1경기에 출전했음에도 불구하고 대회 MVP에 선정되며 날 당황시켰고, 당연히 내 수상에 대한 논란이 거친 파도처럼 밀려들었다.

Chapter 6

《한 경기만으로 최우수선수상 수상이 과연 적합한가?》

지난 5월 25일 토요일에 열린 제78회 황금사자기 결승전에서 일석 고등학교는 진영 고등학교를 상대로 6회 콜드 승(10:0)으로 우승을 차지했다.

전국 최강 고교 넘버원이라 불리는 일석 고등학교의 우승을 예상하지 못한 이들은 거의 없었고, 일석 고등학교는 수많은 이들의 예상대로 또 하나의 우승 트로피를 들어 올렸다.

이날의 우승으로 일석 고등학교는 7년 연속 황금사자기를 제패하였고, 다음 달에 열리는 청룡기 대회에서도 막강한 우승

후보로서 …중략…… 이날 결승전에서는 오직 한 선수만이 모든 스포트라이트를 받았다.

선발로 마운드에 오른 일석 고등학교 투수 차지혁 선수가 바로 그 주인공이다.

21년 만에 일석 고등학교에서 3학년이 아닌 2학년 선수가 선발 투수로 마운드에 올랐고, 차지혁 선수는 17명의 타자 연속 삼진이라는 대기록과 함께 6이닝 동안 단 한 명의 타자도 출루시키지 않으며 고교 리그 사상 2번째로 퍼펙트게임을 달성했다.

지난 2008년 이후 무려 16년 만에 나온 대기록으로 모든 관계자들을 흥분케 했다.

140km 후반의 빠른 포심 패스트볼과 120km 초중반의 파워커브를 자유자재로 구사하는 차지혁 선수는 고교 선수라는 것이 믿겨지지 않을 정도로 완벽하다는 전문가들의 평가를 이끌어냈다.

고교 리그에서 차지혁 선수만큼이나 압도적인 피칭을 할 수 있는 선수가 나올 가능성은 희박하다는 것이 야구 관계자들의 공통된 의견이다.

하지만 결승전에 단 한 번 등판한 차지혁 선수에게 대회 최우수선수상을 줬다는 부분에 있어서는 논란이 있을 수밖에 없다.

대회 관계자의 말에 따르면 대회 규정상 4강 진출 팀의 경우 투수는 5이닝만 소화해도 개인 순위에 이름을 올릴 수 있기에 차지혁 선수가 최우수선수상을 받는다 하여도 아무런 문제가 없다는 설명이다.

무엇보다 연속 17탈삼진이라는 세계 최고의 대기록과 16년 만에 달성된 퍼펙트게임으로 인해 차지혁 선수를 제외하곤 어느 누구에게도 최우수선수상을 줄 수 없다는 뜻도 밝혔다.

그럼에도 불구하고 단 한 경기만으로 최우수선수상이라는 대회 최고의 영예를 안기는 것이 과연 형평성상 맞는가에 대한 논란이 가속화되고 있기에 이 문제가 결코 쉽게 해결되지 않을 것 같다.

차지혁 선수가 세운 대기록을 생각하면 대회 최우수선수상을 받을 자격이 충분하지만 단 한 경기만 출전했다는 점이 그의 발목을 강하게 붙잡고 있었다.

논란이 어떤 식으로 해결될지 관심 있게 지켜보는 것도 중요하지만 가장 신경 써야 할 부분은, 아직 한창 성장 중인 차지혁 선수가 이번 논란으로 인해 성장에 방해를 받거나 기량 하락으로 이어지는 일은 절대 없어야 한다는 점이다.

앞으로 대한민국의 에이스로 우뚝 서고, 세계무대에서도 자신의 실력을 유감없이 보여줘야 할 어린 선수이기에 조금은 더 완화된 시선으로 그를 바라봐 주는 것이 옳지 않을까 싶다.

이번 논란은 어디까지나 어른들의 문제일 뿐, 차지혁 선수와는 전혀 무관한 일이다.

차지혁 선수는 오랜 시간 열심히 훈련을 하며 갈고 닦은 자신의 실력을 숨김없이 발휘했을 뿐이므로 모두가 차지혁 선수에게 격려와 응원의 박수를 쳐 주어야만 한다.

다시 한 번 말하지만 그 누구도 차지혁 선수에게 비난의 시선이나, 날 선 반응을 보여선 안 된다는 점을 명심해야만 한다.


◎ 한국 스포츠 송대업 기자.
작성일 : 2024년 5월 28일 화요일.


"기분이 어떻습니까?"

"솔직히 좋지는 않습니다."

"논란이 있었다 하더라도 규정을 어기는 일은 아니었으니 주변 소란에 신경 쓸 필요 없습니다. 논란을 조장한 이들도 일부일 뿐이지, 실제로 대다수의 사람들은 세계적인 대기록을 달성한 차지혁 선수가 당연히 대회 MVP를 받아야 한다고 생각하고 있으니 좋게 생각하도록 하세요."

싱글벙글 웃고 있는 눈앞의 남자는 황병익으로 내가 계약한 YJ에이전시의 대표다.

프로 스포츠 선수 출신이 아닌 알아주는 명문대 경제학

박사 출신이며, 해외 유학파이기도 했다.

무슨 이유에서 스포츠 에이전시를 운영하는지 모르지만, 그의 경영 능력은 꽤 유능한 편이라고 소문이 자자했다.

아버지 연배임에도 불구하고 어린 나에게 항상 존대를 해주고 있다는 점도 만족스러웠다.

요즘 황병익 대표는 즐거운 고민에 빠져 있는 상태였다.

바로 내 존재 때문이다.

나에 대한 가치는 국내에서는 일찌감치 초유망주로 모든 프로 구단의 집중 관심을 받고 있었지만, 해외에서는 그저 괜찮은 유망주 수준이었다.

그런데 이번 황금사자기 결승전에서 보여준 내 피칭으로 인해 해외에서도 집중적으로 관심을 드러내기 시작한 거다.

아직까지 초특급 유망주 소리를 들을 정도는 아니었지만, 아주 괜찮은 유망주 후보로 이름을 알리고 있으니 날 팔아먹어야 하는 황병익 대표로서는 당연히 귀에 입이 걸릴 수밖에 없었다.

"다음 달에 열릴 청룡기 대회에서도 좋은 피칭 부탁드립니다. 벌써부터 문의가 끊이질 않고 있고, 차지혁 선수가 등판을 한다는 사실이 알려지면 많은 메이저리그 스카우트가 몰려들 겁니다. 차지혁 선수도 잘 알고 있겠지만, 선수의 가치는 다른 누구도 아닌 선수 본인이 증명해야만 합니다. 주변 시선 때문에 부담이 많을 경기겠지만, 그것 또한 차지혁 선수가 스스로 이겨내야만 앞으로 더 큰 무대에서 자신만의 피칭을 해나갈 수 있습니다."

황병익 대표의 말에 나는 고개를 저었다.

"그건 제가 대답을 해드릴 수 있는 부분이 아닙니다. 이번에는 야구부 내부 사정으로 인해 2학년인 제가 어쩔 수 없이 결승전에 등판을 한 것뿐입니다. 제가 아무리 잘 던진다 하더라도 올해가 아니면 자신의 가치를 높일 수가 없는 3학년 선배들에게 기회가 주어지는 건 당연한 일이고, 그래야만 합니다. 맥 빠진 소리로 들리시겠지만, 제가 등판할 기회는 없을 것 같습니다."

"물론 3학년 선수들에게 대부분의 기회가 제공되어야 하는 건 사실입니다. 그리고 저 역시 차지혁 선수가 많은 경기에 등판할 거라고 기대하지 않습니다. 딱 한 번이면 충분합니다. 그리고 그 한 번의 기회를 만들어 내는 것이 바로 차지혁 선수의 에이전트인 제가 할 일입니다."

"예?"

"스카우트들이 바라는 건 단 하나입니다. 대기록을 달성한 차지혁 선수의 실제 피칭을 자신들의 눈으로 확인하는 겁니다. 이미 차지혁 선수에 대한 실력에는 크게 의심을 하지 않고 있습니다. 저희 에이전시에서 준비해 놓은 영상 자료들만으로도 충분히 프로 구단들은 차지혁 선수에 대한 확신을 가질 수 있습니다. 그럼에도 실제 등판을 보려는 이유는 느낌을 받기 위함입니다."

느낌이라니?

지금까지 전혀 생각해 보지 못한 말이다.

"그게 무슨 말씀이시죠?"

황병익 대표가 빙긋 웃으며 날 바라봤다.

악의라고는 찾아볼 수 없는 눈동자와 웃음이었다.

"같은 구종의 공을 같은 구속으로 던지는 투수라 하더라도 같은 결과를 만들어 내지는 않습니다. 타자를 압도하는 투수가 있는 반면, 타자에게 오히려 쩔쩔 매는 투수가 있습니다. 이건 단순한 말로 설명할 수 없는 부분입니다. 스카우트들은 그 말로 설명할 수 없는 느낌이라는 걸 선수의 실제 피칭을 통해 받는다고 합니다. 좀 이상한 소리로 들리겠지만 실제로 그런 느낌이 스카우트들에게는 꽤 중요한 부분으로 작용한다고 합니다."

"무슨 말씀인지 알아들었습니다."

마운드 위에서 타자를 마주대할 때 내가 받는 느낌과 같을 것 같았다.

일종의 기세다.

투수는 타자를, 타자는 투수를 잡아먹을 정도로 강력한 기세를 뿜어내는 경우를 말하는 것 같았다.

똑같은 150㎞의 공을 던진다 하더라도 어떤 투수가 던지는 공은 타자의 배트를 부러트릴 것처럼 포수의 미트로 파고드는 반면, 어떤 투수의 공은 속절없이 타자의 배트에 유린을 당한다.

구위의 차이도 존재하겠지만, 진짜 중요한 건 타자를 압도하겠다는 자신감에서부터 시작된다.

넌 절대 내 공을 못 쳐! 라는 심정으로 자신 있게 공을 던지는 투수.

내 공을 치는 건 아닐까? 라는 심정으로 공을 던지는 투수.

두 투수는 확연히 다른 결과를 만들어낸다.

맹수와 같은 타자는 본능적으로 투수의 약점을 파고들 줄 안다.

그런 맹수를 상대로 이겨낼 줄 아는 투수와 그렇지 못한 투수는 분명히 그 가치가 다를 수밖에 없다.

"중요한 경기가 아니라면 한 경기 정도는 차지혁 선수를 선발로 등판하게끔 일석 고교 야구부와 조율을 해볼 수 있습니다. 하지만 특별한 경우가 아닌 이상 한 경기뿐입니다."

선수의 선발 기용은 전적으로 감독만의 권한이다.

그럼에도 외부 에이전트인 황병익 대표가 이토록 자신을 하는 이유는 거래를 할 수 있기 때문이다.

학교와 에이전시의 거래는 의외로 잦았다.

거기다 일석 고등학교 입장에서도 2학년인 내가 메이저리그와 연결이 되면 대대적으로 홍보를 할 수 있는 기회가생기니 학교의 명성을 더 끌어 올릴 훌륭한 수단이 된다.

이미 최고의 명성을 쌓고 있는 일석 고등학교라 하더라도 욕심은 끝이 없는 법이다.

3학년 선배들을 빛나게 해줄 중요한 경기가 아니라면 한경기 정도는 등판을 할 기회가 있을 수 있었다.

"솔직하게 한 번 물어보겠습니다. 차지혁 선수는 내년 드래프트 시장에서 국내를 선택할 겁니까, 해외를 선택할 겁니까?"

황병익 대표의 눈동자가 처음으로 매섭게 번뜩였다.

YJ에이전시의 경우 내가 어떤 시장을 노리던 내 선택을 존중하고 적극적으로 협조를 하겠다고 약속했다.

하지만 내가 지금과 같은 성장 속도만 유지해도 내년 해외 드래프트 시장에서 대단히 큰 성과를 낼 수 있었다.

국내와 해외는 기본적으로 선수 계약금부터 시작해서 연봉 등 돈의 단위 자체가 달라져 버린다.

지금까지 국내 드래프트 시장에서 가장 높은 금액을 받은 고졸 선수는 5년 계약에 계약금 20억, 연봉 총액 5억이다.

이런 저런 옵션 계약까지 따지면 금액이 조금 더 올라가겠지만, 그렇다 하더라도 30억 미만이다.

반면 해외 드래프트 시장에서 최고로 잘 받은 고졸 선수는 계약금 포함 120억이다.

옵션 계약까지 포함하면 그보다 금액이 더 올라가니 국내 시장과는 확연하게 차이가 날 수밖에 없다.

'유한석 선배가 작년에 토론토 블루제이스와 계약을 했었지.'

언론에 알려진 바로 유한석 선배는 토론토 블루제이스와 6년 계약에 계약금 300만 달러, 연봉총액 600만 달러에 계약을 했다.

이런 저런 옵션까지 더하면 대략 천만 달러를 받을 수 있을 것으로 예상하고 있다.

고졸 루키 선수가 6년 계약에 천만 달러를 벌게 되었으니 너 나 할 것 없이 실력에 자신이 있다 싶으면 해외 드래프트 시장으로 나설 수밖에 없는 거다.

'지금 상태라면 내년에 유한석 선배보다는 더 받을 수 있겠지.'

자신이나 자만이 아니라 현실이다.

나날이 구속이 증가하는 직구에 덩달아 위력이 더해가는 파워 커브만 하더라도 훌륭한데, 커터까지 제구력을 잡게 되면 메이저리그의 어느 구단이라도 손을 내밀 수밖에 없다.

물론 신인 드래프트 특성상 리그 순위 최하위권 팀부터 우선 지명권과 계약권을 갖게 된다.

선수는 최대 3개의 구단 중 하나와 계약을 할 수 있는 권한이 있기에 구단에서 제대로 된 계약을 제시하지 않으면 남은 다른 구단과 계약을 해버리면 그만이니 웬만해선 구단의 장난질 따위가 있을 수 없었다.

무엇보다 야구 선수는 20대 중반까지 기량이 성장한다.

그렇기에 구단에서는 유망주와 계약을 할 경우 최소 5년에서 길면 7년까지 계약으로 선수를 묶어두고 성장을 시킨다.

이후 유망주가 제대로 성장만 해준다면 돈 많은 구단으로 이적을 시키면서 큰돈을 이적료로 챙길 수 있게 되니 구단으로서도 손해 볼 것 없는 계약이었다.

그러다 보니 소위 초특급 유망주라 불리는 루키 선수들은 웬만한 중견 선수들보다 계약 금액이 큰 경우가 종종 있었다.

황병익 대표는 그런 계약을 노리고 있는 거다.

하지만 선택은 온전히 나만의 몫이다.

국내와 해외.

어느 곳을 선택하든 그건 어느 누구도 간섭할 수 없는 나만의 결정권이다.

*　　　*　　　*

뜨거웠던 여름이 지나고 어느덧 서늘한 바람이 불고 있었다.

5월의 마지막을 뜨겁게 달궜던 황금사자기 MVP 수상 논란도 언제 그랬냐는 듯 사람들 뇌리에서 지워졌고, 7월에 있었던 청룡기에선 수많은 취재진과 국내외 스카우트들이 지켜보는 가운데 연속 10탈삼진과 함께 7이닝 1피안타 무실점이라는 훌륭한 성적표로 눈도장을 확실하게 찍어뒀다.

8월에 열린 대통령배 전국대회와 9월의 봉황기에서는 조금이라도 좋은 조건에 계약을 해야만 하는 3학년 선배들로 인해 마운드 위에 설 수가 없었다.

3학년 선배들이 봉황기까지 쉬지 않고 전력으로 달려가는 모습을 보며 내년엔 나도 저렇겠지 하는 마음이 들어 더욱더 훈련을 게을리할 수가 없었다.

10월이 되자 해외 신인 드래프트 시장이 열렸고, 1년 중 마지막 전국대회 규모의 대한야구협회장기 전국고교야구대회가 열렸다.

올해로 11회가 되는 대한야구협회장기 전국고교야구대회는 황금사자기부터 봉황기까지 제대로 활약을 하지 못한 예비 고졸 선수들에게는 마지막 남은 동아줄이었다.

전국 고교야구 선수 랭킹에서 상위권에 들어가는 유망주들은 대부분 해외 드래프트 시장으로 나가거나 어느 정도 조건을 맞춘 프로 팀과의 사전 접촉을 통해 미래를 보장받기 때문에 대회 출전에 관심이 없어 비주전 선수들이 그동안 쌓인 설움을 마음껏 폭발시킬 수 있는 유일한 통로였다.

간혹 대한야구협회장기 전국고교야구대회를 통해 깜짝 스타가 탄생하기도 했으니 뚜렷한 미래를 보장받지 못하는 고교 3학년 선수들에게는 희망의 대회였다.


"이번 주 경기 선발은 송종섭이다."

감독의 깜짝 선발 발표에 모두가 술렁거렸다.

특히 내가 출전하지 않기로 해서 무조건 선발 출전할 거라 기대를 갖고 있던 박주천의 얼굴은 보기 흉할 정도로 일그려져 있었다.

선발 명단에 대한 절대적인 권한을 갖고 있는 감독에게 정면으로 대들어봐야 좋을 것 없기에 참고 있었지만, 마음이 단단히 상했음을 충분히 알 수 있었다.

대한야구협회장기 전국고교야구대회는 다른 고등학교 야구부에서는 빛을 보지 못한 3학년 선수들이 이를 악물고 덤벼들었지만, 일석 고교는 달랐다.

애초부터 최고의 유망주들만 모여든 야구부였기에 모든 3학년들은 에이전트를 통해 국내외 프로 구단과 어느 정도 사전 접촉을 통해 갈 길을 찾아놓은 상태였다.

졸업 후 미래가 보장되어 있으니 굳이 대한야구협회장기 전국고교야구대회까지 나갈 이유가 조금도 없었다.

그러다 보니 일석 고교에서는 전원 2학년이 대회를 치르며 일찌감치 내년을 준비하는 대회일 뿐이었다.

일석 고교의 에이스는 누가 뭐라 하더라도 나였다.

겉으로는 3학년 재석 선배가 일석 고교 야구부 에이스로 보였지만, 실질적으로 외부 관계자들을 비롯한 감독과 코치, 심지어 재석 선배마저도 날 에이스로 인정하고 있는 상태였다.

재석 선배 입장에서는 자존심이 상하는 일이지만, 실력의 차이가 명확하니 받아들일 수밖에 없는 일이었다.

전국 고교 야구 선수 랭킹은 매년 3월과 9월에 발표가 되는데, 놀랍게도 3월까지만 하더라도 투수 부문 8위에 이름을 올리고 있던 내가 1위로 단번에 치고 올라갔으며 전체 유망주 부문에서도 30위 권 밖에서 맴돌던 순위가 1위를 차지해 버려 많은 이들을 놀라게 만들었다.

하지만 나를 비롯해 아버지와 에이전시, 학교 측에서는 당연한 일이라며 자연스럽게 받아들였다.

주변에서는 한 번 반짝이고 마는 것 아니냐는 우려가 있었지만, 솔직히 난 자신 있었다.

다른 사람들의 우려를 깨끗하게 종식시키고 기대를 환호로 만들어 낼 충분한 실력을 갖고 있다고 생각했다.

하지만 이번 대한야구협회장기 전국고교야구대회에는 불참을 선언했다.

이유라면 최상호 코치의 조언에 따라 집중적으로 몸 관리를 하기 위해서였다.

내년이면 줄기차게 공을 던져야만 하니 올해 완벽하게 몸을 만들어 놓아 부상을 방지해야 한다는 뜻이었다.

아버지 역시 최상호 코치의 말대로 하라며 반협박했고, 나 또한 선수 생명을 위협하는 부상을 가장 조심해야 할 적이라 여겼기에 군소리 없이 따르기로 했다.

물론 황금사자기에서 달성한 대기록과 대회 MVP라는 타이틀을 얻지 못했다면 생각을 다르게 했을지도 모른다.

다행스럽게도 야구부 감독도 내 의견을 존중해 주었다.

무엇보다 이미 고교에선 상대가 없다 평가를 받는 나보다는 박주천이나 송종섭 등을 등판시키며 그들의 가치를 올려야 했기에 오히려 내 결정을 반기기까지 할 정도였다.

사실 나에게 가려 2인자에 머물고 있는 박주천도 제대로 된 스포트라이트를 받을 때가 됐다.

하지만 감독이 우선적으로 선택한 건 송종섭이었다.

대한민국 최고의 재능이라 불러도 과언이 아닌 송종섭이었기에 잘만 다듬으면 분명 대단한 투수가 될 수 있었다.

그 부분에 있어서는 나 역시 동의했다.

재능 하나만 놓고 본다면 확실히 국내에서는 비교 대상자가 없을 지경이었으니까.

무슨 일이 있었는지 송종섭도 여름부터는 꽤나 열심히 훈련을 받았다.

특히 제구력을 잡기 위해 집중적으로 외삼촌인 정해용 코치와 훈련하는 모습을 자주 볼 수 있었다.

훈련 시간 외에도 항상 운동장에서 롱토스를 하는 모습이 단단하게 마음을 먹은 것 같기는 했다.

그 결과인지 현재 송종섭은 그럭저럭 괜찮은 제구력을

갖춘 상태였다.

그렇다 하더라도 여전히 개인적인 내 의견으로는 송종섭보다는 박주천이 우선이었다.

박주천은 130㎞ 중후반의 패스트볼을 안정된 제구력으로 던질 줄 알았고, 고속 슬라이더와 체인지업을 능숙하게 구사할 줄 알았기에 일석 고교가 아니었다면 어디서든 에이스로 마운드에 오를 실력을 갖고 있었다.

다만 약점이라면 정신적으로 한 번 흔들리면 좀처럼 본래의 페이스를 찾지 못한다는 점이다.

흔히들 말하는 멘탈 붕괴의 표본과도 같은 타입이 박주천이다.

오죽하면 장형수가 박주천을 가리켜 두부 멘탈이라고 놀리기까지 할 정도였다.

그에 반해 송종섭은 멘탈 하나만큼은 독보적이라 불러도 좋았다.

충분히 위협적인 강속구를 아무렇지도 않게 뿌려대면서도 타자가 맞든 말든 상관하지 않았고, 안타를 맞든 홈런을 맞든 그것에 대해서도 개의치 않았다.

오히려 승부사 기질인지 타고난 싸움꾼 스타일인지 안타를 맞거나 홈런을 맞으면 오히려 더 무식하게 달려들어 상대 타자를 압박했는데, 그때 보여주는 집중력은 상당했다.

다른 건 몰라도 그런 부분에 있어서는 확실히 난 놈이었다.

"주천아, 네가 이해해라. 너야 어차피 내년에 쉬지 않고 등판해야 하지만 종섭이는 다르잖아? 종섭이한테는 이번 경기가 최후의 시험대라고 보면 된다. 그러니 너무 섭섭해 하지 말고. 알겠지?"

투수 코치가 실망한 표정으로 시무룩해 있는 박주천을 위로했다.

그런 말로 위로가 될지는 알 수 없었지만, 감독의 의도가 무엇인지는 확실하게 알 수 있었다.

최후의 시험대.

이 시험대를 통과하지 못한다면 송종섭에게 내년은 아주 힘든 시간이 될지도 몰랐다.

"역시 랭킹 1위는 여유만만이군!"

장형수가 다가와 내 어깨를 툭 치며 웃었다.

"무슨 여유?"

"사실대로 말해봐. 너 어깨 아픈 거 아니지? 이번 대회에서 건질 게 없으니까 태업하는 거 아냐?"

"태업은 무슨."

태업은 아니지만 어찌 보면 내 실속을 챙기는 행위였기에, 대화를 길게 끌지 않고 짐을 챙겨 야구부를 빠져나왔다.

붉은 노을이 온 세상을 주황빛으로 물들여 놓고 있었다.

이번 대한야구협회장기 전국고교야구대회만 마치면 공식적인 전국대회가 끝난다.

그리고 두 달이 지나면 고교 3학년의 생활이 시작된다.

누구도 따라오지 못할 독보적인 커리어를 만들어야 할 때였다.

*     *     *

빠각!

조각난 헬멧이 홈 베이스 위에 떨어졌고, 타석에 서 있던 타자의 몸이 그대로 허물어졌다.

포수를 보고 있던 장형수와 심판이 다급하게 타자의 상태를 살폈고, 상대 팀 더그아웃에서 감독, 코치, 선수까지 모두 달려 나왔다.

대기하고 있던 의료진이 들것과 함께 쓰러진 타자에게로 다가갔으며, 곧바로 소란스러운 음성이 터지며 의식을 잃은 타자가 들것에 실려 경기장 밖으로 향했다.

마운드 위엔 송종섭이 흥건하게 땀을 흘린 모습으로 석상처럼 굳어 있었다.

몇 명의 상대 팀 선수들이 송종섭을 향해 붉어진 얼굴로 달려들었고, 뒤늦게 우리 팀에서도 선수들이 마운드로 달려 나갔다.

감독과 코치의 고성이 오갔고, 심판들과 대회 관계자들이 사태를 진정시키기 위해 애를 썼다.

조금씩 흥분된 감정이 가라앉자 경기 진행 요원들이 홈 베이스 주변을 정리하기 시작했다.

붉은 핏자국을 닦거나 흙을 골라내는 동안 송종섭은 정해용 코치의 손에 이끌려 영혼이 빠져나간 사람처럼 터덜터덜 경기장을 벗어났다.

"괜찮겠지?"

1학년 후배 중 한 명이 조심스럽게 입을 열었다.

모두 똑똑히 봤다.

송종섭이 던진 공은 상대 선수의 얼굴로 향했고, 다급하게 고개를 돌렸지만 관자놀이 쪽을 강타하면서 귀 보호구 쪽이 박살났고 타자는 그대로 쓰러졌다.

들것에 실려 나갈 때가지도 타자는 정신을 차리지 못해 모든 이들을 걱정스럽게 만들었다.

"글쎄, 심각할 것 같던데……."

찬물이라도 끼얹은 듯 가라앉은 더그아웃 분위기로 인해 1학년들이 속삭이듯 대화를 한다 하더라도 모두에게 또렷

하게 들렸다.

"설마 잘못되는 건 아니겠지? 선수 생활에 지장이……."

"거기 1학년! 시합에 집중 안 할래!"

동기 중 한 명이 버럭 소리를 내지르자 그제야 1학년들이 입을 꾹 다물었다.

이번 데드볼은 굉장히 위험했다.

전광판에 찍힌 구속이 무려 157㎞였다.

오늘 송종섭의 투구 내용은 그럭저럭 괜찮은 편이었다.

5이닝 동안 1실점.

피안타는 하나도 없었고, 오로지 5개의 볼넷과 1개의 사구만으로 내준 점수였다.

여전히 제구력에 문제가 있었기에 풀카운트 승부가 잦았지만, 제대로 들어가는 공에 대해서는 상대 팀 타자들이 속수무책으로 삼진을 당했다.

그러던 것이 체력이 떨어지면서 릴리스 포인트가 흔들렸고, 그 결과 타자의 머리에 직격하는 데드볼이 발생한 것이다.

명백한 실투였다.

고의성이라고는 조금도 찾아볼 수 없는 완벽한 실투에서 발생한 데드볼.

그렇지만 그 결과가 굉장히 치명적이다.

들것에 실려 나가던 타자의 상태가 분명 가볍게 해결될 문제 같지 않았다.

침체된 분위기 속에서도 경기에선 승리를 했다.

승리했음에도 딱히 기뻐하는 모습을 보이진 않았다.

그리고 학교로 돌아가던 중 충격적인 소식을 들을 수 있었다.

사망.

송종섭의 공에 머리를 맞은 타자가 병원으로 호송되어 치료를 받던 중 사망을 하고 말았다는 연락이 왔다.

야구부 전체가 말로 표현할 수 없는 분위기에 빠졌고, 감독과 코치들도 시커멓게 죽은 얼굴로 한숨만 푹푹 내쉬었다.

며칠 후, 학교 차원에서 야구부에 이번 대회 포기를 권고했다.

언론과 인터넷에서는 일석 고교의 명성이 하루가 다르게 짓밟혔고, 송종섭의 경우 살인자라는 소리까지 들으며 악플과 비난을 받아야만 했다.

학교와 일부 언론에선 경기 중 발생한 사고라 어린 선수를 너무 혹독하게 몰아붙이는 것이 아니냐는 동정론으로 여론 몰이를 하려고 했지만, 사태는 쉽사리 가라앉지 않았다.

특히 송종섭이 과거 불량 학생, 소위 일진으로 불렸던 시절과 제주도에서 길거리 패싸움을 한 사실이 밝혀지며 그를 향한 비난의 수위가 더욱더 높아져만 갔다.


"들었어?"

글러브를 손질하던 내게 장형수가 급하게 달려왔다.

"뭘?"

"종섭이 자식 자퇴했다고 하네."

"자퇴?"

경기 이후 얼굴을 볼 수 없었던 송종섭이었다.

스스로도 상당한 충격을 받았을 테니 충분히 이해가 갔다.

어느 정도 자퇴를 예상하고 있었던 나로서는 딱히 놀랄 만한 소식은 아니었다.

"정해용 코치도 그만뒀다고 하더라. 송종섭을 감싸는 게 좀 꼴사납긴 했어도 실력은 좋았잖아?"

송종섭과 정해용 코치가 그렇게 학교를 떠났다.

이후, 그들의 소식을 들을 순 없었다.

어수선한 분위기 속에서 2학기 학교생활이 끝났고, 곧바로 동계 훈련을 떠났다.

다시 찾아온 따뜻한 봄과 함께 마지막 고등학교 3학년 생활이 시작되었다.

＊　　　＊　　　＊

"차지혁 선수!"

현관문을 열고 나오자 기다렸다는 듯 말끔한 양복 차림의 남자가 다가왔다.

촌스럽게 보일 수도 있는 금테 안경이 제법 잘 어울리는 남자로 20대 후반 정도로 보였고, 제법 큰 서류 가방을 한쪽 어깨에 걸치고 있었다.

"안녕하세요? 차동호라고 합니다."

환하게 웃으며 손을 내미는 모습은 꽤 친근하게 느껴졌다.

그렇다고 어리숙하게 손을 내밀어 인사를 할 정도로 난만만하지 않았다.

오히려 낯선 이가 친근하게 다가오는 걸 가장 경계해야 한다는 걸 잘 알기에 무표정한 얼굴로 그를 바라봤다.

굳이 말을 할 필요도 없었다.

침묵이야말로 상대를 압박하기 가장 좋은 수단이었으니까.

"생각보다 경계심이 많으시군요. 뭐, 충분히 이해합니

다. 2025년 국내 드래프트 최대어라 불리는 만큼 날파리들이 많이 꼬일 테니 전혀 기분 나쁘게 생각하지 않습니다. 하하!"

여전히 침묵으로 일관하자 남자가 주머니에서 한 장의 명함을 꺼내 내밀었다.

명함 정도야 한 번 보고 버리면 그만이었기에 받아서 확인했다.

CBC 인터넷 스포츠 기자 차동호.

명함은 아주 고급스러웠고, 그 속에 적혀 있는 깔끔한 글씨체의 내용은 간략했다.

하지만 간략한 내용과는 다르게 그 무게감은 상당했다.

한국에서 세 손가락 안에 들어가는 거대 케이블 채널인 CBC였으니까.

말만 케이블이지 실질적으로 공중파라는 기득권이 사라진 지 오래였기에 CBC 정도의 방송사는 한국에 존재하는 모든 방송사를 통틀어 5위 안에 들어가는 인지도를 갖춘 거대 방송사였다.

방송뿐만 아니라 인터넷 기사도 꽤 활발하게 업데이트했으며, 그 내용도 공정성을 유지했기에 많은 이들에게 인정을 받고 있는 편이었다.

가만히 그를 바라보자 어색하게 웃으며 말했다.

"그런 눈으로 보시면 곤란합니다. 저 사기꾼 아닙니다. 못 믿으시겠으면 직접 전화로 확인을······."

핸드폰을 꺼냈다.

명함에 찍혀 있는 번호가 진짜 CBC 인터넷 스포츠 부서의 번호인지 인터넷으로 확인까지 하고 나서야 전화를 걸었다.

간단하게 확인 작업이 끝나자 차동호가 벙찐 표정으로 날 바라보다 입을 열었다.

"···치밀하시네요. 하하."

"이런 식으로 기자분과는 할 이야기 없습니다. 정 하고 싶은 이야기가 있으시면 에이전시를 통해 정식으로 인터뷰 요청을 해주시면 감사하겠습니다."

기자와는 친하게 지내지 마라.

아버지가 누누이 했던 말이다.

최상호 코치 역시 자신의 경험담을 들려주며 기자라는 족속들에 대해 많은 경고를 해주었다.

그렇다고 적이 되는 것 또한 곤란하거나 귀찮은 일이 생기니 최대한 접촉을 하지 말라고 당부를 했었다.

"하하, 물론 정식 인터뷰라면 에이전시를 통해 요청을 할 겁니다. 저는 그저 간단하게 대화를 나누고 싶을 뿐입니다."

웃는 얼굴 뒤에 시퍼런 칼날 같은 펜을 들고 있는 이들이 기자라고 말했던 최상호 코치였다.

최상호 코치의 충고가 아니었다 하더라도 중학교 때부터 나에 관한 기사 중 일부에서 상당히 공격적이거나 의혹이나 논란을 증폭시키는 식으로 기사를 작성한 것들을 종종 봐왔기에 기자들에 대한 생각이 썩 좋지 많은 않았다.

기자들이 바라는 건 단 하나다.

자신이 쓴 기사가 이슈가 되어 많은 사람들의 입에 올라가는 것.

진실과 거짓, 옳음과 그름 따윈 크게 중요하지 않았다.

얼마나 많은 이들이 자신의 기사에 관심을 갖는지만이 중요했다.

그걸 언론의 자유라고 부르고, 국민의 알 권리라는 말도 안 되는 소리로 포장한다.

무엇보다 '~카더라' 라는 식으로 기사를 작성해서 책임을 회피하는 모습은 확실히 가까이 해서 좋을 것 하나 없는 족속들이었다.

"시간 없습니다."

단호하지만 나름 정중하게 거절하고는 학교로 발걸음을 옮겼다.

"그러지 말고 간단하게 대화만 나눠주세요."

보폭을 맞추며 웃는 얼굴로 계속해서 따라왔다.

무시해 버렸다.

1학년 때, 고졸 예정자 중 국내 최고 유망주였던 유한석 선배가 기자의 꼬임에 넘어가 몇 마디 대화를 했다가 크게 곤혹을 치른 적이 있었다.

나름대로 철저하게 보였던 유한석 선배였지만, 몇 마디의 대화를 그럴싸하게 포장해 버린 기자에게 완전히 농락당하고 말았었다.

그 이후 감독과 코치들은 절대 기자와 단독으로 인터뷰는 물론, 대화조차 쉽게 하지 말라고 조언을 하기도 했었다.

"작년 차지혁 선수가 보여주었던 황금사자기와 청룡기의 피칭은 정말 소름끼치도록 대단했습니다. 그때 정말 팬 됐습니다. 수많은 전문가들은 고교 리그엔 차지혁 선수의 상대가 없다는 의견을 내놓고 있는데 아시나요? 올해 3학년이 되었기에 모든 대회를 출전할 것으로 예상하고 있고, 작년과 같은 실력만 보인다면 전 대회 최우수선수상 후보 0순위라는 예측도 심심찮게 들려오는데 혹시 들어본 적 있으세요?"

대화가 인터뷰라니.

한마디도 대꾸하지 않았다.

아예 없는 사람 취급을 해버렸다.

그럼에도 차동호 기자는 계속해서 질문을 쏟아냈다.

"현재 YJ에이전시 소속으로 현 이사이며, 전 선수였던 최 상호 씨가 차지혁 선수를 특별 멘토링 중이라고 알고 있는 데, 과거 최상호 씨가 선수로 활동하던 시절 가장 자신 있 게 던지고 위력적이었던 변화구는 컷 패스트볼 아닌가요? 좀 궁금하더군요. 어째서 차지혁 선수가 최상호 씨의 컷 패 스트볼이 아닌 파워 커브부터 먼저 배웠는지. 혹시 특별한 이유나 사연이라도 있는 겁니까? 개인적인 호기심이니까 한마디만 해주세요."

"황금사자기와 청룡기에서 보여주었던 놀라운 피칭에 모 두가 기대했던 대한야구협회장기 전국고교야구대회였는데 차지혁 선수는 왜 나오지 않았던 거죠? 일부에선 부상설이 유력하게 떠오르고 있는데 실제로 부상을 당한 건 아니 죠?"

"송종섭 선수와는 친했나요? 같은 동기였는데, 작년에 있었던 대한야구협회장기 전국고교야구대회에서 있었던 불미스러운 사고에 대해서는 어떻게 생각하고 있습니 까?"

"국내외 많은 프로 구단이 차지혁 선수를 주목하고 있다 는 건 알고 계실 테고… 정작 차지혁 선수 본인은 여러 프로 구단의 관심에 대해 한마디도 언급한 적이 없는 걸로 알고 있는데, 올해 있을 국내와 해외 드래프트 시장 중 어느 곳으로 나갈지 살짝만 힌트 좀 주세요."

"올해 드래프트 시장에서 가장 주목받는 4명의 아시아 루키 선수 중 한 명으로 지목된 것에 대해선 어떻게 생각하고 있죠?"

"ESPN과 BA(베이스볼 아메리카)에서는 차지혁 선수가 해외 드래프트 시장에 나올 경우 2025년 지명 순위로 1라운드 전체 15, 16순위로 꼽았습니다. 국내 선수 중 유일하게 1라운드 지명이며 굉장히 높은 순위의 전무후무한 기록을 갖게 되었는데 이 부분에 대해선 어떻게 생각하고 있죠?"

"현재 2025년 드래프트 순위 톱3라 불리는 미국의 마이크 테일러, 일본의 사토시 준, 쿠바의 시몬 산체스 선수들에 대해서는 어떻게 생각하고 있나요? 모두 역대급 재능을 갖춘 타자들로 슈퍼스타 DNA를 갖췄다는 평가가 자자합니다. 저런 선수들과 동시대에 프로 생활을 같이 시작함에 있어 느끼는 부담감이 있나요?"

걸음을 멈추고 차동호 기자를 바라봤다.

그는 드디어 자신의 질문에 대답을 할 마음이 생겼다고 생각하곤 입가에 미소를 지었다.

천천히 손을 들어 한곳을 가리켰다.

학교 정문이었다.

"같이 등교하실 겁니까?"

"아……."

학교 앞까지 왔다는 사실을 뒤늦게 깨달은 차동호 기자는 슬쩍 웃었다.

"유익한 대화였습니다. 정식 인터뷰는 다음에 꼭 하도록 하겠습니다. 시간 내줘서 고맙습니다."

해준 것도 없는데 고맙다는 말을 남기고 깔끔하게 돌아서서 걸어가는 차동호 기자였다.

그의 뒷모습을 가만히 바라보다 문득 그가 했던 마지막 질문을 떠올렸다.

벌써부터 2025년 드래프트 시장을 뜨겁게 달구고 있는 세 명의 선수.

마이크 테일러, 사토시 준, 시몬 산체스.

모두 타자다.

그것도 역대급 천재성을 가졌다고 평가를 받는 괴물들이다.

솔직히 말해서 장형수도 국내에선 보기 드문 천재성을 갖추고 있었지만, 저들 셋과 비교하면 턱없이 부족했다.

마이크 테일러는 고등학교 시절과 대학 시절까지 모두

더해서 5할이 넘는 타율에 9할에 이르는 장타력을 갖춘, 말 그대로 괴물 거포였다.

성적만 놓고 보면 안타는 대부분 장타라는 소리다.

제대로 맞으면 구장을 넘겨 버리고, 적당히 맞으면 담장을 넘겨 버리고, 대충 맞으면 펜스를 맞춘다는 우스갯소리가 있을 정도였다.

나 역시 마이크 테일러의 경기 영상을 본 적이 있다.

최상호 코치가 작년 말에 가져온 자료들 중 하나였는데, 엄청난 거구의 마이크 테일러는 솔직히 말해서 마음 놓고 던질 스트라이크 존이 없어 보였다.

마운드 위에 서 있는 투수가 애처롭게 보이기까지 했다.

거포이면서도 선구안이 얼마나 좋은지 삼진은 거의 당하지 않는 비상식적인 괴물이었다.

마이트 테일러에 대한 기대감은 이 말로 충분히 설명이 가능했다.

메이저리그 역사를 모조리 갈아치울 최강의 홈런왕!

사토시 준은 일본인 타자로 전형적인 교타자다.

뛰어난 선구안과 정확한 타격, 거기에 무시무시한 주력까지 갖추고 있었다.

일본 고시엔에서 타율 6할을 기록했고, 인사이드 파크 홈런, 즉 타구를 외야 깊숙이 날려 주력만으로 홈 베이스까지 들어오는 홈런을 6개나 기록할 정도로 탁월한 주력 센스와 스피드를 갖추고 있었다.

도루 능력도 좋았고, 무엇보다 유격수로서 수비 능력 또한 굉장히 뛰어나 아시아 선수 최초로 메이저리그의 모든 구단이 탐을 내는 내야수였다.

마지막으로 시몬 산체스는 쿠바 출신 선수다.

나이는 25살로 가장 많았지만, 메이저리그 못지않은 쿠바 리그를 제패한 타격 기계로 마이크 테일러와 사토시 준을 적당히 섞어 놓은 타자라는 평가를 받고 있다.

타격도 잘하고 파워도 있고, 주력과 수비 능력까지 겸비한 선수란 뜻이다.

모든 포지션을 소화할 줄 알기에 진정한 올라운드 플레이어였다.

심지어 쿠바 리그에서 간간히 투수로 마운드에까지 올랐다고 하니 가장 쓸모가 높은 선수를 꼽으라면 그건 시몬 산체스였다.

이들 세 선수는 모든 스카우트들이 꼽은 잠재력이 가장 높은 이들이다.

실제로 메이저리그에서 어떤 모습을 보여줄지는 미지수였다.

하지만 성공할 확률이 굉장히 큰 것 또한 사실이다.

벌써부터 역대급 드래프트 계약이 줄줄이 체결될 거란 소리도 있었다.

"너도 참 운이 나쁘구나."

최상호 코치가 영상 자료를 보여주며 나에게 그렇게 말했었다.

한 명도 아니고 세 명이나 되는 슈퍼 루키들이 동시에 나타났으니 투수인 나에게는 피할 수 없는 시련이 될 거라고 말했다.

"반대로 생각합니다."

"반대로 생각한다고?"

"예. 솔직하게 말씀드려서 황금사자기에서 크게 실망했습니다. 열일곱 명이나 되는 타자를 연속 삼진으로 잡았다는 게 솔직히 우스웠습니다. 나중에 퍼펙트를 달성하고 나서 이런 생각이 들었습니다. 만약 프로에서도 타자들이 내 공을 칠 수 없다면 난 과연 계속 마운드 위에서 공을 던져야 할까? 솔직히 던지고 싶지 않다는 생각이 들었습니다. 아무런 의미가 없으니까요. 물론 프로 선수들은 다를 거라 생각하고 있습니다. 그래서 기대가 됩니다. 그렇다고 당장 내년에 있을 고교 리그를 무시할 생각은 없습니다. 되도록 모든 대회에 출전을 할 거고 고교생으로서 쌓을 수 있는 최고의 커리어를 완성할 겁니다. 이후 프로에 진출해서도 마찬가지로 누구도 쌓지 못했던 투수로서의 모든 영광에 욕심을 내볼 생각입니다. 그런데 만약 절 상대할 수 있는 타자들이 없다면 너무 재미없질 않겠습니까? 그래서 전 저들이 있다는 게 행운이라고 생각합니다. 저런 괴물들이 있기에 제가 더 위대한 투수가 될 수 있을 테니까요."

**Chapter 7**

　ー마운드 위에서 차지혁 선수가 왼손을 번쩍 치켜듭니다! 제79회 황금사자기는 많은 이들의 예상대로 일석 고등학교가 우승을 차지합니다! 8년 연속 우승이라는 기록과 함께 이번 대회 역시 최우수선수상이 확실시되는 차지혁 선수입니다.

　ー작년 대회에 이어 2년 연속 최우수선수상을 수상할 것으로 확신되니, 대회 2연패의 위업이라 할 수 있습니다.

　ー김종도 해설위원께서 말씀하신 그대로입니다. 놀라운 것은 이번 대회 4게임에 등판해서 24이닝 1실점 1자책점으로 평균자책점 0.37이라는 대단한 기록과 53개의 탈삼진을 기록하는 동안 단 하나의 볼넷만을 허용했다는 사실입니다. 정말 완벽 그 자체라 불러도 모자람이 전혀 없을 피칭 내용입니다.

─무엇보다 대단한 점은 8강에서 화석 고교를 상대로 노히트노런을 달성했다는 사실이죠. 이번 대회 차지혁 선수가 유일하게 허용한 볼넷으로, 만약 심판 판정만 정확했다면 그 경기 역시 퍼펙트로 대회 2연속 퍼펙트라는 엄청난 기록을 달성했을지도 모를 일이죠.

─그렇습니다. 꽤 논란이 되었던 판정이었고, 일부에선 오심이라는 말이 많았습니다. 하지만 논란의 중심이 되었던 차지혁 선수 본인이 오심도 경기의 일부이고 이미 지나가 버린 판정이니 승복하겠다고 밝히지 않았습니까? 참 여러모로 대단한 선수입니다. 그리고 기록을 찾아보니 황금사자기에서 2년 연속 최우수선수상을 수상한 것이 1983년과 1984년 중성 고교의 강영준 선수 이후, 무려 41년 만의 기록입니다. 여러모로 차지혁 선수는 고교 리그에서 많은 기록들을 달성하는 것 같습니다.

─참 대단한 선수입니다. 자신의 실력에 자만하지 않고 항상 누구보다 열심히 훈련을 하며 인성 또한 바르다고 하니 참으로 대한민국 야구계의 보석이라 부를 만합니다. 저

런 선수가 있기에 대한민국 야구가 한층 발전할 수 있는 것입니다.

 ─많은 전문가들은 이번 년도 역시 모든 대회 우승은 일석 고교가 차지할 것이고, 무엇보다 모든 대회 최우수선수상 후보 0순위로 차지혁 선수를 지목하지 않았습니까?

 ─그렇습니다. 사실상 현재 차지혁 선수를 상대로 승리를 따낼 고교 팀은 전무하다고 봐도 좋습니다. 설령 차지혁 선수에게 2점, 3점을 어렵게 따낸다 하더라도 일석 고교의 타석은 말 그대로 고교 최강의 타선이라 차지혁 선수가 선발로 등판한 경기라면 상대 팀이 어느 곳이든 패배를 머릿속에 두고 있을 겁니다.

 ─중요한 말씀을 해주셨습니다. 일석 고교의 타선은 어느 투수가 올라온다 하더라도 무섭게 화력을 뿜냈습니다. 차지혁 선수의 기록을 보시면 아시겠지만, 4게임에 등판했음에도 고작 24이닝밖에 소화를 하지 못했습니다. 다시 말해 모든 경기를 6이닝만에 콜드승을 챙겼다는 소리입니다. 그 이유가 바로 일석 고교의 폭발적인 타선의 지원을 받았기 때문입니다. 일석 고교의 평균 득점력이 13점이고, 그 중심에는 팀의 4번 타자이자 포수인 장형수 선수가 있기 때문입니다.

 ─장형수 선수도 굉장히 기대가 큰 선수입니다. 포수로

서의 리드에 대해선 아직 확실하게 평가를 내릴 수가 없는 상황이지만, 타격 재능 하나만큼은 포수로서 역대급이라 불러도 좋은 평가를 받고 있습니다.

─이번 대회 기록만 놓고 봐도 대단합니다. 0.423의 타율에 0.743의 장타율과 14개의 홈런은 대형 거포의 신호탄이라 봐도 좋을 것 같습니다.

─물론입니다. 사실 현대 야구에 들어서면서 어느 리그든 포수 기근 현상은 심각한 문제 중 하나입니다. 포수라는 포지션이 워낙 힘들다는 점 때문입니다. 장형수 선수가 지금과 같은 타격 능력에 포수로서의 수비력만 입증한다면 이번 신인 드래프트 시장에서 굉장히 좋은 계약을 성사시킬 수 있을 거라 확신합니다.

─말씀하시는 사이 예상대로 차지혁 선수가 대회 최우수선수상을 수상했습니다! 이것으로 41년 만에 대회 2연속 최우수선수상을 차지하는 쾌거를 달성했습니다. 더불어 일석고교는 8년 연속 우승이라는 전무후무한 금자탑을 쌓았습니다!

고교 3학년이 되고 첫 우승을 거머쥐었다.

작년에 이어 최우수선수상도 받았다.

기쁘지 않다면 거짓말이지만, 그렇다고 엄청난 성취감을

느끼는 건 아니었다.

확실히 이번 대회를 통해서 다시 한 번 확실하게 느낄 수 있었다.

고교 리그는 내 수준에 맞질 않았다.

"축하한다."

"감사합니다."

최상호 코치와 나는 그걸로 축하 인사를 끝냈다.

남들에게는 건방지다는 소리를 들을지 모르겠지만, 최상호 코치와 나는 처음부터 대회 우승과 최우수선수상을 확신하고 있었다.

앞으로 남은 대회 역시도 마찬가지였다.

최고 구속 156㎞, 평균 구속 150~153㎞의 패스트볼.

135㎞의 파워 커브와 153㎞의 컷 패스트볼.

현재 대한민국의 그 어떤 고교생과도 비교를 거부할 정도로 압도적이었다.

단순히 스피드만 놓고 본다면 국내에도 몇 명 비교 대상이 존재하고, 해외로 눈을 돌리면 오히려 나보다 훨씬 더 빠른 강속구를 던지는 투수들이 꽤 있다.

하지만 내가 그들보다 자신 있게 우위를 점할 수 있는 건 내가 던질 수 있는 최고 구속의 공까지 제구가 된다는 사실이다.

컷 패스트볼 또한 이제는 확실하게 제구가 잡혀 있는 상
태였다.


"내가 본 그 어떤 투수보다 넌 완벽하다."

최상호 코치의 극찬이었다.

"국내라면 모를까, 해외에선 아직 제 기량이 다른 선수들
에 비해 부족하다는 평가가 많습니다."

올해 드래프트 시장에 나오는 국내 투수 중 나보다 기량
이 뛰어난 선수는 없다.

그렇지만 해외로 눈을 돌리면 당장 몇 명의 이름이 바로
떠오른다.

케이티 지코, 알렉스 코트로나, 스티븐 펠리키, 앤드류
폴은 빅4라 불리는 특급 투수 유망주들이다.

역대급 재능을 갖춘 드래프트 순위 톱3의 타자들보다는
실력이나 재능이 떨어진다는 평가지만, 투수라는 포지션만
놓고 봤을 때 이들 네 명의 투수들은 굉장한 실력과 재능을
갖춘 선수들이었다.

여기에 아시아 넘버원 투수라는 일본의 니노마에 류지
또한 있었다.

상황이 이렇다 보니 많은 이들이 나에 대해 극찬을 아끼
지 않을 때, 은근슬쩍 국내 수준을 들먹이며 나에게 하는

말이 바로 국내용 투수라는 평가였다.

기분이 좋지는 않았지만 이렇다 할 전적이 없는 나로서는 묵묵히 받아들일 수밖에 없는 소리였다.

"ESPN과 BA의 드래프트 순위 때문에 그렇다면 신경 쓸 것 없다. 내가 구단주라면 그 누구보다 널 무조건 1순위로 뽑는다."

최상호 코치의 말에 피식 웃음이 나왔다.

"거짓말이라고 생각하는 거냐?"

"아닙니다."

나 역시 내가 구단주라면 날 1순위로 뽑는다.

국내 고교 리그의 수준이 미국이나 일본에 비해 한참 떨어진다는 평가로 인해 덩달아 나에 대한 실력도 상대적으로 저평가받을 뿐, 지금까지 빅4라 불리는 투수들과 비교해도 전혀 모자라지 않다고 자신하고 있었다.

"해외에서 널 저평가하는 이유가 무엇이라 생각하지?"

굳이 생각할 필요도 없었다.

나에 대해 쏟아지는 기사들을 통해서도 얼마든지 알 수 있는 내용들이었으니까.

"위기관리 능력과 체력, 내구성입니다."

최상호 코치는 고개를 끄덕였다.

"넌 지금까지 상대를 압도하는 피칭으로 타자들을 상대

했다. 국내 고교 리그에서는 네 공을 제대로 칠 수 있는 타자들이 거의 없기에 쉽게 너만의 투구를 할 수 있는 환경이었지. 하지만 프로라면 다르다. 경우에 따라선 너 역시 난타를 당하는 일이 발생할 테고, 자연스럽게 위기 상황으로 이어질 수밖에 없다. 그때도 과연 너만의 공을 던질 수 있겠느냐? 실점을 하지 않고 위기를 넘길 수 있느냐? 이것에 대한 확신이 아직까지는 없다."

투수에게 위기관리 능력은 굉장히 중요한 지표다.

세상 그 어떤 투수도 위기를 맞지 않을 수 없고, 실점을 또한 피할 수 없다.

단지 얼마나 위기를 잘 극복하고 최소한으로 실점을 하느냐가 중요할 뿐이다.

최상의 코치의 말대로 지금까지의 내 경기 내용들을 살펴보면 딱히 위기 상황이라고 할 만한 것이 거의 없었기에 위기관리 능력에 대한 물음표가 붙는 건 당연한 일이었다.

"3월 중순부터 10월 중순까지 160경기 이상을 뛰어야하는 메이저리그의 살인적인 일정은 웬만한 체력으로는 절대 버틸 수가 없다. 더욱이 선발 투수라면 이닝 소화 능력이 뛰어나야 하는데 그 역시 넌 의문을 제기할 수밖에 없는 상황이다. 그리고 내구성 문제는 아시아 선수 모두에게 적용되니 그 역시도 네 가치를 하락시키는 이유 중 하나다."

선발 투수라면 줄 점수는 깨끗하게 주고, 주지 말아야 할 점수는 지키면서 선발 투수로서의 이닝 소화 능력을 보여 줘야 한다.

그러나 이 역시 나에 대한 평가가 부족했다.

지금까지 난 콜드승 규정으로 인해 6이닝 이상 던져 본 적이 없었다.

그러다 보니 내가 얼마나 이닝 소화 능력이 뛰어난지 제대로 된 평가를 받을 수가 없었다.

거기다가 난 탈삼진 비율이 높은 편이었다.

3구 삼진도 제법 많았지만, 그건 상대적으로 타자들의 수준이 떨어지기 때문에 가능한 일이라는 평가가 지배적이었다.

프로에 올라서면 3구 삼진은 쉽지 않은 일이고, 최소 4~5구를 던져야 하는데 아무리 내가 공격적인 투구 스타일을 추구하고 있다 하더라도 한 이닝당 던지는 투구수가 12~15구로 늘어나면 6이닝 동안 72~90구의 공을 던진다는 계산이 나온다.

물론 이런 단순 계산이 실제 게임에서 그대로 발생할 일은 확률적으로 그리 높지 않았다.

커트에 능한 타자나 선구안이 좋은 타자를 만나게 되면 더 많은 공을 던져야 하기도 하지만 반대로 초구에 배트가 잘 나오는 타자를 만나면 1~2구만에도 아웃 카운트를 잡을 수 있기 때문이다.

중요한 건 현재 내 투구 스타일이 삼진을 잡는 쪽에 집중되어 있다는 평가가 많다는 점이고, 보편적으로 탈삼진 비율이 높다는 건 맞춰 잡는 스타일의 투수에 비해 한 이닝 동안 많은 공을 던진다는 뜻이기에 프로에서 정상급 타자들을 상대하게 된다면 이런 내 투구 스타일이 투구수 관리에 약점을 보일 수 있다는 지적이었다.

한 경기에 많은 삼진을 잡으며 무실점으로 이닝을 막아내는 선발 투수와 삼진은 거의 없어도 적은 수의 투구수로 땅볼과 뜬공으로 이닝을 막아내는 선발 투수의 가치는 분명 다르다.

탈삼진이 많은 투수는 임팩트가 크기에 관중들에게 환호를 받고 많은 팬을 거느릴 수 있다는 장점이 있다.

하지만 아무리 환호를 받고 많은 팬을 거느려도 투구수 부담으로 인해 7이닝조차 제대로 넘기지 못하는 선발 투수보다는 효율적인 투구수로 8이닝, 혹은 완투까지 가는 투수를 구단 입장에서는 더 선호할 수밖에 없다.

따지고 보면 하나하나 평가를 제대로 받을 수 없는 것들이 모두 약점으로 부각된 셈이다.

"이 부분에선 진지하게 깊은 고민을 해봐야 한다. 그리고 앞으로는 네게 견제와 수비 훈련을 시작할까 한다."

"네."

견제와 수비 훈련 또한 투수에게 반드시 필요한 부분이다.

특히 견제를 잘하는 투수는 도루 저지율이 높기에 당연히 실점과도 연관이 컸다.

수비 역시도 마찬가지다.

마운드 위에서 투구를 마친 투수는 곧바로 내야수가 되어야 한다.

자신 앞으로 날아오는 공에 대한 대처 능력이 좋아야만 한다.

특히 번트에 대한 수비력과 베이스 커버 등은 습관이 될 정도로 몸에 익혀야 했다.

학교에서 견제와 수비 훈련을 받고 있었지만 그렇게 큰 비중을 차지하고 있지 않았기에, 최상호 코치에게 따로 훈련을 받는다는 건 기쁜 일이었다.

"또 하나는 파워 커브를 던질 때 느껴지는 미묘한 차이를 없애야 한다. 타자가 가장 상대하기 어려운 투수는 투구 동작의 변화가 거의 없는 상태에서 패스트볼과 변화구를 던지는 투수다. 심하진 않지만 너 역시 파워 커브를 던질 때 약간의 차이가 있으니 그 점을 보완해야 한다. 그리고 세트포지션을 조금 더 빠르게 가져가는 훈련도 필요하다."

세트포지션은 보통 주자를 둔 상태에서 타자를 향해 빠르게 공을 던지는 투구 자세다.

느긋하게 와인드업을 해서 공을 던지는 것이 아니었기에 제구력이 흔들릴 수밖에 없다.

나름대로 연습을 많이 해서 어느 정도 수준은 되었다고 여겼는데 최상호 코치의 눈에는 아직까지도 부족한 모양이었다.

"네. 앞으로도 많은 지도 부탁드립니다."

자세를 바로잡고 고개를 꾸벅 숙이며 인사를 하자 최상호 코치가 됐다는 듯 손사래를 쳤다.

"네 몸값이 높아지면 그만큼 나에게도 이익금이 떨어지는 일이니 그렇게 고마워할 건 없다. 다 내 돈 벌자고 하는 일이니까."

말을 하며 슬쩍 고개를 돌려 버리는 최상호 코치였다.

말은 저렇게 해도 최상호 코치가 날 얼마나 아끼는지 잘 알았기에 빙긋 웃으며 그를 바라봤다.

에이전시 계약으로 맺어진 레슨 코치라는 관계였지만, 내 인생에 가장 고마운 스승이 바로 최상호 코치라는 사실에는 단 한 번도 부정해 본 적이 없다.

각각 7월과 8월에 있었던 80회 청룡기, 59회 대통령배 전국대회에서 일석 고등학교 야구부는 전문가들의 예상대로 무난하게 우승을 차지했다.

전체적으로 일석 고등학교 야구부의 모든 선수들이 타학교보다 우수한 것도 있었지만, 결정적으로 손쉬운 우승을 이끈 3명의 수훈 선수를 꼽는다면 그건 일석 고등학교 야구부의 막강 원투 펀치라 불리는 나와 박주천, 리그 홈런왕을 싹쓸이하며 대형 거포의 계보를 잇는 장형수였다.

박주천은 고교 2인자라는 불명예스러운 별명이 생겼다.

흔하게 쓰는 말로 고교 리그를 씹어 먹는 나로 인해 크게 빛을 보지는 못하고 있었지만, 박주천 역시 고교 리그에서 충분히 에이스급의 활약을 펼치고 있었다.

내가 아니었다면 고교 최고의 투수라는 명성과 함께 화려하게 프로 리그로 진출을 했겠지만, 아쉽게도 고교 2인자라는 썩 좋지 못한 타이틀을 얻고야 말았다.

투수에는 차지혁이라는 이름이 항상 거론된다면, 타자에서는 장형수라는 이름이 제일 먼저 언급되고 있었다.

황금사자기부터 시작된 청룡기, 대통령배까지 3연속 홈

런왕이라는 타이틀은 절대 가볍지 않았다.

　많은 이들은 장형수가 다음 전국대회에서도 홈런왕이 될 것인가에 대해서 관심이 깊었다.

　하지만 9월에 있을 봉황기에서도 홈런왕이 될 가능성은 아주 희박했다.

　분명 실력만 놓고 본다면 장형수는 충분히 홈런왕을 차지할 수 있었다.

　"저번에 봤지? 무슨 고교 리그에서 정면 승부를 피하는 거야!"

　압도적인 파워와 타격 능력을 선보이며 황금사자기와 청룡기에서 홈런왕을 차지한 장형수를 슬슬 피하기 시작한 투수들이었다.

　대통령배에서도 겨우 하나 차이로 아슬아슬하게 홈런왕이 될 수 있었다.

　전 대회 홈런왕이라는 야무진 꿈을 꾸고 있는 장형수로서는 봉황기에서 자신을 피할 투수들이 더 늘어날지도 모른다는 불안감으로 인해 하루하루 스트레스를 받고 있는 중이었다.

　"따라가서 쳐 버릴까?"

　고의 사구를 쫓아가서 배트를 휘두를 생각을 하는 장형수를 한심하게 바라봤다.

"해봐. 계약 조건 깎이는 소리가 벌써부터 들리니까."

"젠장! 이러다간 내 꿈이 깨지고 말겠어!"

신경질을 부리며 장형수는 애꿎은 포수 미트만 주먹으로 쳐댔다.

"저번에 나왔던 말은 어떻게 됐어?"

내 물음에 장형수가 날 바라보며 웃었다.

"죽어도 포지션 변경은 하지 않을 거라고 대못 박아놨지. 흐흐!"

"그냥 전향하는 게 낫질 않나?"

"부모님하고도 신중하게 고민해 보긴 했는데, 솔직히 난 투수의 공을 잡을 때의 그 쾌감을 버릴 수가 없더라고."

"쾌감?"

"너랑 비슷해. 투수가 삼진으로 타자를 잡을 때만큼이나 포수도 비슷한 쾌감을 느끼거든. 특히 내가 투수를 리드해서 타자를 잡거나, 내가 원하는 방향으로 타구를 보내 범타 처리했을 때의 기분은 정말 끝내주거든! 흐흐!"

장형수는 대형 포수 유망주라는 소리를 듣고 있지만, 실제로 녀석의 에이전시와 접촉하는 프로 구단들은 포수로서의 능력이 아닌 타자로서의 타격 능력에 더욱 관심이 많았다.

결정적으로 장형수는 포수를 보기에 체격이 너무 컸다.

포수라는 포지션은 유격수 다음으로 수비 부담이 심한 포지션이고, 장비를 주렁주렁 착용하고 한 경기에 수백 번을 앉았다 일어났다를 반복해야 하는 중노동으로 인해 체격이 너무 크면 부상의 위험을 항상 달고 살아야만 했다.

학창 시절 포수 유망주로 평가를 받던 선수들 중 타격에 재능이 있어 1루나 외야수로 전향하는 일이 워낙 많았기에 장형수 또한 그런 제안을 지속적으로 받고 있는 상태였다.

"그래도 선수 생활 오래하려면 잘 판단해. 내가 보기에도 넌 너무 크니까."

저번에 있었던 신체검사에서 장형수의 키가 197㎝라는 사실이 알려졌다.

포수로서는 너무나도 큰 신장이다.

물론 장형수처럼 큰 신장의 포수가 아예 없었던 건 아니지만, 분명한 건 오랜 기간 포수 자리를 지키진 못했다는 사실이다.

부상으로 인해 마스크를 벗어야 했고, 포지션을 변경한다 하더라도 이미 부상당한 신체가 제대로 된 타격 능력을 유지시킬 수준이 되지 못했기에 큰 이변이 없는 한 성적은 꾸준히 하락하고 결국은 은퇴의 수순을 밟을 수밖에 없게 된다.

프로 구단에서는 타격 재능이 뛰어난 포수 유망주들 중 체격이 큰 선수는 거의 반강제적으로 포지션 변경을 시키는 경우가 비일비재했다.

선수 본인으로서도 체력 부담이 큰 포수보다는 1루나 외야로 나가 타격에 더욱 집중할 수 있는 것이 여러모로 편한 일이니 구단의 권고 사항을 거부할 이유가 없었다.

"모든 사람들이 편견을 깨부숴 버리겠어. 나처럼 거구의 포수도 얼마든지 롱런할 수 있다는 사실을 똑똑히 보여주겠어!"

주먹까지 쥐며 각오를 다지는 장형수였다.

하지만 그런 그를 바라보는 내 개인적인 시각은 그리 긍정적이지 않았다.

절대 쉽지 않은 일이다.

장형수처럼 신장이 큰 포수는 반대로 신장이 작은 투수가 롱런하지 못하는 것과 비슷했다.

만약 내가 장형수였다면 두 번 생각하지 않고 포지션을 변경했을 거다.

남들보다 월등하게 뛰어난 타격 재능이 있는데 구태여 포수라는 포지션에 집착할 필요가 없었다.

"그나저나 언제 한 번 네가 던지는 공도 한 번 시원하게 날려줘야 할 텐데! 흐흐!"

장형수의 말에 피식 웃고 말았다.

나 역시 리그 최고의 타자이자 홈런왕인 장형수를 상대

해 보고 싶다는 마음이 없는 건 아니었다.

그리고 언젠가는 그럴 기회가 반드시 올 것이라고 믿고
있었다.

*　　　*　　　*

─일석 고등학교 에이스 차지혁 선수가 마운드에 오르고
있습니다. 명실상부 대한민국 고교 야구 최고의 선수로 역
대 가장 대단한 고교 선수 생활을 해나가고 있는 차지혁 선
수는 올해 열린 고교 전국대회에서 모두 최우수선수상을
수상하며 이번 봉황기까지 상을 싹쓸이할 것인지 모든 관
계자들의 이목이 집중되고 있습니다.

"지아야, 오빠는 여자 친구 없어?"

지아는 단짝 친구인 수연의 물음에 가볍게 혀를 찼다.

"저 야구 바보는 여자가 뭔지도 모를걸?"

"인기 엄청 많을 것 같은데?"

"인기야 뭐, 없지는 않지만……."

지아는 중학교 시절부터 오빠가 학교에서 받아왔던 많은
편지와 선물들을 자랑처럼 늘어놨다.

"역시 인기가 많구나. 그런데 왜 여자 친구가 없어?"

"야구밖에 모르는데 여자 친구가 어떻게 있겠어? 너 같으면 저런 야구 바보를 남친하고 싶겠어?"

"나는 뭐……."

작게 중얼거리며 대답을 회피하는 수연을 보며 지아는 그럴 줄 알았다는 듯 고개를 끄덕였다.

"여친이 생겨도 얼마 못가서 백 퍼센트 깨질 거야."

"왜?"

"저 야구 바보는 하루 종일 야구밖에 머릿속에 없으니까! 연습도 얼마나 많이 하는지 알아? 매일 아침 눈뜨면 스트레칭만 30분 가까이 하고, 러닝도 하루에 두 시간씩 뛰는데 아주 인간이 아니야. 학교에서 그렇게 야구 연습을 하고 집에 와서도 쉐도우 피칭이라고 수건 들고 공 던지는 연습을 수백 번씩 하는데 옆에서 보고 있으면 질릴 정도라니까. 저러니 여자 친구가 있어도 만날 시간이나 있겠어?"

지아의 말에 수연이는 대단하다는 듯 TV화면 속에서 멋지게 공을 던지며 타자를 삼진으로 잡아내는 지혁의 모습을 빤히 바라봤다.

큰 키에 떡 벌어진 어깨는 남자로서 대단히 좋은 체격이었다.

거기에 지혁은 조각 같은 미남은 아니었지만, 그런대로 봐줄 만할 정도로 괜찮은 얼굴인데 운동선수라는 프리미엄까지 붙어 있으니 여자들로서는 절로 호감이 갈 수밖에 없었다.

덤으로 연일 고교 최고의 투수, 대한민국 미래의 에이스, 예비 메이저리거 등등 온갖 화려한 수식어가 따라다니며 엄청난 돈을 벌 준비가 되어 있었다.

성격도 지아의 입에서 부정적으로 말이 나온 적이 한 번도 없었다.

지금만 하더라도 지아는 자신의 오빠가 여자 친구를 절대 만날 수 없다는 둥 금방 깨진 다는 둥 악담에 가까운 말을 해대고 있었지만, 성격이 더럽다거나 잘난 척이 심해 꼴 사나울 정도라는 말은 들어 본 적이 없었다.

작은 꼬투리라도 놓치지 않는 지아의 성격으로 봤을 때, 지혁의 성격은 상당히 좋은 편이라는 반증이었다.

외모, 능력, 성격까지 삼박자가 모두 갖춰진 차지혁은 수연의 눈에 분명 가장 이상적인 남자로밖에 보이질 않았다.

지아는 야구밖에 모르는 바보다, 연습 벌레다 고개를 내젓고 있었지만, 그 정도의 노력이야 당연하다 여겼기에 수연에게는 단점으로 보이지도 않았다.


―삼진! 차지혁 선수 또다시 삼진으로 화영 고교의 타자를 돌려세웁니다!

"어휴! 저 바보들! 똑같이 야구하는데 왜 치질 못하는 거야? 저럴 거면 왜 야구를 하는지 모르겠네!"

지아는 손에 들린 치킨을 뜯으며 혀를 찼다.

"오빠가 너무 잘 던지니까 그렇잖아."

수연의 말에 지아가 입가에 썩은 미소를 지었다.

"그러면 그만큼 연습을 해야지! 저렇게 헛스윙을 한다는 건 연습을 충분히 하지 않았다는 말이잖아. 그러니까 지금이라도 일찌감치 야구 그만두고 공부를 하든가, 기술을 배우든가 해야 하질 않겠어?"

"······."

지아의 냉정한 비난에 수연은 아무런 말도 하지 않았다.

'그래도 노력했기 때문에 학교 대표로 대회에 나왔는데······.'

이런 말을 해봐야 지아가 받아줄 리가 없다는 걸 알기에 수연은 속으로만 생각했다.

"또 삼진이네! 아유 재미없어! 어떻게 오빠가 하는 경기는 재미가 없어! 다른 경기는 점수도 팍팍 나고, 투수도 계속 바뀌니까 재미있던데! 오빠가 선발로 나가는 경기는 혼자만 공 던지니까 지겨워 죽겠네. 매번 같은 곳으로만 던지는데 왜 그걸 못 치는 거야!"

지아는 정말로 재미없다는 듯, 지겹다는 듯 손에 리모컨을 꽉 쥐고 있었다.

"그래도 오빠 경기잖아."

수연의 말에 지아가 안 그래도 억지로 참고 있는 거라며 푸념을 했다.

"지아야, 오빠가 저렇게 유명한 야구 선수니까 어때?"

"당연히 좋지! 돈 많이 벌 테니까! 히히!"

"…단지 그 이유 때문에?"

"그럼 뭐? 다른 이유가 있어야 돼?"

너무나도 당연하다는 듯 되물어오자 수연도 할 말이 없었다.

"저번에 이렇게 말했다가 엄마한테 엄청 혼났지만, 그래도 난 생각이 변하지 않았어! 수연이 넌 모를 거야. 가족 중 한 사람이 꽤 유명하다는 건 실제로 엄청 짜증나는 일이거든!"

"짜증난다고?"

"당연하지! 오빠 때문에 기자들도 많이 찾아오고, 우리 가족 사진도 함부로 막 찍고! 거기다 오빠가 유명하니까 괜히 어딜 가더라도 사람들이 수군거리는 모습이 얼마나 신경 쓰이는 줄 알아? 엄마랑 아빠도 오빠를 생각해서라도 함부로 행동하지 말라고 얼마나 잔소리를 하는데! 또 내가 용돈 모아서 돈 쓰는 걸 가지고 사람들은 오빠가 운동해서 번

돈을 함부로 쓴다는 헛소리를 해대는데 내가 짜증이 안 나게 생겼어? 이런 내 사춘기를 망쳐 버린 오빠니까 돈이라도 많이 벌어서 나한테 다 보상을 해야 하질 않겠어?"

지아의 말에 수연은 생각해 보면 그럴 수도 있겠다는 듯 고개를 끄덕였다.

저번에 함께 하교를 하던 길에 어떤 남자가 지아에게 접근해서 오빠에 대해 이것저것 캐묻는 걸 본 적이 있었다.

모른다, 할 말 없다, 오빠에게 직접 물어라 등 지아가 완강하게 거절을 표현했음에도 남자는 끈질기게 달라붙어 온갖 질문을 하는데 옆에서 지켜보던 수연이 다 질려 버릴 정도였다.

돈 문제도 그랬다.

수연이 아는 지아는 부모님이 주는 용돈을 착실하게 모아서 정말 자신이 원하는 걸 사는 친구였다.

그런데 그런 지아의 본모습을 모르는 주변 친구들은 오빠가 유명 야구 선수고 돈을 많이 번다는 소문에 혹해서 지아가 사치를 하고 다닌다고 손가락질을 하며 욕하기에 바빴다.

그 부분에 있어서는 확실히 억울할 수밖에 없는 지아였다.

—차지혁 선수 굉장합니다! 화영 고교의 타선을 3회까지 완벽하게 막아내며 이닝을 종료합니다! 정말 보면 볼수록 놀라운 선수입니다! 저런 굉장한 선수가 대한민국의 선수라는 사실이 참으로 자랑스럽고 뿌듯합니다!

흥분해서 소리치는 캐스터와 다르게 담담하게 마운드 위에서 내려오는 차지혁의 모습을 가만히 바라보는 수연의 얼굴이 사르르 녹아내렸다.

지아가 아무리 지혁에 대해 이러쿵저러쿵 말을 한다 하더라도 수연에게 공감대를 얻기란 힘든 일이었다.

"너무 멋지다……."

사춘기 소녀의 첫사랑.

그 대상이 친구의 오빠가 되는 일은 너무 흔한 일이다.

*　　　*　　　*

차지혁—좌투수.

[2007년 10월 16일—좌투·우타] [191㎝—87㎏]

2025년 신인 드래프트 등록 선수.

Background(배경, 경력).

경진 초등학교, 명성 중학교를 졸업하고 일석 고등학교에 입학, 2026년 졸업 예정 중인 차지혁은 현재 국내에서 가장 완벽한 고교 투수로 확고하게 입지를 다지고 있다.

일석 고교 2학년 시절 78회 황금사자기 대회에서 17타자 연속 탈삼진 기록과 함께 퍼펙트를 달성하며 대회 최우수선수상을 수상했으며, 79회 황금사자기 대회에서도 노히트노런을 달성하며 대회 2연속 최우수선수상을 수상. 같은 해 80회 청룡기, 59회 대통령배, 52회 봉황기에서도 모두 최우수선수상을 수상하며 역대 고교 최고의 성적을 기록했다.

Scouting Report(스카우트 보고서).

좋은 체격 조건과 더불어 운동 능력이 탁월하다. 어렸을 때부터 꾸준히 해온 훈련으로 인해 고교생이라고 믿겨지지 않을 정도의 이상적인 신체를 갖추고 있으며, 체력 또한 뛰어난 것으로 판단한다.

2025년 ESPN 유망주 평가에서 해외 선수 3위에 선정되었으며, BA 유망주 평가에서는 전체 선수 15위에 선정되었다. 해외 드래프트 시장에 진출 시 1라운드 15~16위로 전망하고 있다.

최고 구속 156㎞의 패스트볼과 153㎞의 컷 패스트볼, 135㎞의 파워 커브는 BA 구종 평가 20-80스케일에서 각

각 패스트볼 65점, 컷 패스트볼 55점, 파워 커브 55점을 받음으로써 모든 구종을 자유자재로 다룰 줄 안다고 극찬을 받아냈다.

일부 스카우트들 사이에서는 커맨드(Command, 운영 능력과 제구력)와 스터프(Stuff, 구속을 포함한 구위)가 2025년 신인 드래프트 아시아 선수 중 최고라는 평가를 이끌어내기도 했다. 최대 장점으로는 부드러운 투구 폼에서 뿜어져 나오는 편안한 강속구가 꼽혔으며, 최대 단점으로는 내구성과 이닝 소화 능력이 문제시되고 있다.

최소 1년 이상 마이너 생활로 확실하게 성장을 마친 후, 2년 내에 메이저리그 2선발 내지는 3선발의 한 자리는 무리 없이 차지할 수 있다는 평가가 지배적이지만, 슬라이더와 체인지업을 배우지 않는 이상 제1선발 에이스로서의 성장은 어렵다는 분석이다.

The Future(전망).

어린 나이임에도 불구하고 강력한 강속구와 정교한 제구력을 갖춘 보기 드문 투수로서 어느 팀에 가더라도 제 몫을 훌륭하게 소화해 낼 것이라 판단한다. 체력적인 부분만 관리를 잘하고 슬라이더와 체인지업만 무난하게 익힌다면 당장 메이저리그 무대에서도 루키 선수로서의 만족스러운 성적을 낼 수 있다고 예상한다.

작성자 : 최경환.

스카우트 보고서를 확인한 유정학 단장은 앞에 앉아 있는 김태열 팀장을 바라봤다.

"차지혁 선수라면 굳이 더 이상 말할 필요도 없는 것 아닙니까?"

말을 하는 유정학 단장의 표정이 썩 밝지는 않았다.

차지혁에 대한 부분이라면 모르고 싶어도 모를 수가 없었다.

역대 최고의 슈퍼 루키!

국내 프로 구단이라면 어느 누구라도 관심을 두고 있는 2025년 신인 드래프트 최대어!

역대급이라는 말은 결코 아무에게나 붙일 수가 없는 말이다.

그러나 차지혁이라면 조금도 거부감이 없었다.

문제는 그런 차지혁이 국내 드래프트 시장으로 나올 가능성이 0%라는 사실이다.

"YJ에이전시의 황병익 대표는 아직까지도 그 어떤 말도 하지 않고 있습니다."

김태열 팀장의 말에 유정학 단장이 픽 웃었다.

"상식적으로 생각해 봅시다. 여기 보고서에도 언급되어

있지만, 당장 차지혁 선수가 해외 드래프트 시장에 나갈 경우 1라운드 15~16위로 지명을 받는다고 예측하고 있죠? 자그마치 1라운드입니다. 김 팀장님은 지금까지 해외 드래프트 시장에서 1라운드 지명 선수 중 최하 계약금액이 얼마인지 모르십니까?"

"2021년 1라운드 30번으로 뉴욕 양키스와 계약을 한 에세다 페렐로 선수가 5년 계약으로 계약 총액 1천 5백만 달러에 계약을 체결했고, 그것이 1라운드 지명 선수 중 최저 계약 총액으로 남아 있습니다. 에세다 페렐로 선수가 양키스 골수팬이 아니었다면 2라운드에서 시애틀과 2천만 달러에 근접하는 계약을 할 수 있었겠지만, 결국은 양키스와 도장을 찍었습니다."

"그럼 차지혁 선수가 해외 드래프트 시장에 나갈 경우 예상 가능한 계약 총액이 얼마나 될 것 같습니까?"

"최하 3천만 달러 이상이라 예측하고 있습니다."

"3천만 달러… 후우."

유정학 단장이 고개를 절레절레 저었다.

현재 프로 야구계는 말 그대로 돈 잔치였다.

FA제도가 사라지고, 자유 이적 시장이 열리면서 벌어진 일이다.

선수들은 몸값이 천정부지로 올라갔고, 구단은 좋은 선

수, 팬들이 원하는 선수를 사려면 하늘 높은 줄 모르고 올라간 선수 몸값을 지불해야만 했다. 물론 적자에 허덕이는 현상은 없다.

오히려 프로 야구는 매년 수익이 성장하고 있었다.

메이저리그 같은 경우 유럽 축구처럼 세계적인 부자들이 구단을 인수하면서 전체적인 야구의 질이 향상됐다는 칭찬까지 받고 있을 정도였다. 개선된 구장과 수준 높아진 경기력은 야구를 미국 4대 프로 스포츠에서 제1의 스포츠로 독보적인 위치로 올려 버렸다.

여기에는 국제야구연맹 IBAF의 부단한 노력이 있었다.

국제축구연맹 FIFA와 손을 잡고 야구로 유럽 시장을, 축구로 미국 시장을 활성화시키자 노력을 기울였던 것이다.

서로 탄탄한 기반을 잡고 있는 시장에 야구와 축구를 끌어들였고, 결과적으로 매일 경기가 열리는 야구는 엄청난 성공을 거둔 반면, 매주 한 번 경기가 열리는 축구는 FIFA에서 원하는 만큼의 성공을 이루지 못했다.

이렇게 야구가 유럽 시장에서도 크게 성공을 거두자 당연히 세계 최고 리그인 메이저리그에 대한 유럽 사람들의 관심이 높아졌고, 그 관심은 곧바로 수익으로 직결됐다.

덩달아 아시아의 프로 야구 시장도 인기가 높아졌지만, 매년 천문학적인 돈이 도는 메이저리그와는 비교가 될 수 없었다.

신인 계약에 3천만 달러, 즉 300억이라는 거금을 쏟아 부을 수 있는 국내 구단은 어디에도 없었다.

일본이라 하더라도 4, 5개의 구단밖에 없었으니 고졸 루키인 차지혁이 국내가 아닌 해외 드래프트 시장으로 나가는 건 당연한 일이었다.

"차지혁 선수의 몸값이 비싼 건 사실이지만, 만약 그가 국내 시장에 나온다면 구단의 모든 것을 총동원해서라도 계약을 진행해 볼 만합니다."

김태열 팀장의 말에 유정학 단장은 왜 이런 대화를 해야 하나 한심하게 여기면서도 꼬박꼬박 대답을 했다.

"그렇다고 3천만 달러나 하는 거액을 지불할 수는 없습니다."

"국내 최고 수준이면 됩니다."

국내 최고 수준이라면야 유정학 단장도 충분히 수긍할 수 있다.

신인이라도 국내 최고, 역대 최고 대우의 가치는 차고도 넘쳤다.

차지혁이 대단한 건 실력도 실력이지만, 고교 선수로서 이미 웬만한 프로 선수보다도 인지도가 높다는 사실이다.

프로 선수에게 인지도는 어마어마한 돈이 된다.

당장 관련 상품만 하더라도 날개 달린 듯 팔려 나갈 거
다.

그뿐인가? 한 경기를 이끌어 나가는 투수라는 포지션의
특성상 선발 등판이 확정된 경기는 홈, 원정 따지지 않고
관람 티켓이 매진되고, TV 중계료도 치솟는다.

거기에 진짜 대박이라 할 수 있는 건 이적료다.

차지혁이 고교 리그에서처럼 국내 프로에서도 독보적인
활약을 보인다면 당장 메이저리그에서 입이 쩍! 벌어질 이
적료를 제시할 것은 불 보듯 뻔한 일이다.

구단이 적자를 본다? 선수가 부상으로 시즌 아웃이 된다
면 모를까, 정상적으로 시즌을 치른다면 절대 있을 수 없는
일이다.

하지만 이 모든 것들도 차지혁이 해외가 아닌 국내에서
프로 생활을 시작한다고 가정했을 때의 이야기다.

"국내 최고 수준이든, 역대 최고든 차지혁 선수가 국내
드래프트 시장에 나올 일이 없지 않습니까?"

슬슬 짜증이 나는 유정학 단장이었다.

차지혁이 미치지 않고서야 국내 드래프트 시장에 나올
이유가 없었다.

아니, 만약 그가 국내 시장에 나온다면 의심부터 해봐야
한다.

몸에 이상이 있다거나, 뭔가 그럴 만한 사정이 있는 이유를 반드시 알아내야 한다.

"만약 차지혁 선수가 내일 있을 국내 드래프트 시장에 등록을 한다면 어떻게 하시겠습니까?"

"도대체 이런 말을 하는 이유가 뭡니까? 급하게 상의를 할 일이 있다고 하더니 이런 뜬구름 잡는 이야기나 하자고 면담을 요청한 겁니까? 그렇지 않아도 이번 드래프트 시장에서 누굴 뽑아야 할지 골치가 아파 죽겠는데……."

노골적으로 김태열 팀장을 못마땅한 눈으로 노려봤다.

구단 프런트에서 가장 힘 있는 인물이 바로 김태열 팀장이라 유정학 단장으로서도 그를 쉽사리 대할 수가 없었다.

당장 마음에 들지 않는다고 해고를 해버리면 경쟁 구단에서 얼씨구 영입을 해갈 사람이 김태열 팀장이기 때문이다.

구단 프런트에서 김태열 팀장의 능력이 절반 이상이라는 소리가 나올 정도로 그는 뛰어난 인재였다.

구단 재정, 선수 분석, 홍보, 전략, 선수 이적 등등 실질적으로 구단주가 가장 총애하는 사람이 김태열 팀장이었다.

오죽하면 메이저리그에서도 스카웃 제의가 올 정도의 능력자였다.

"차지혁 선수의 성향을 분석해 본 결과 내일 국내 드래프트 시장에 등록을 할 확률이 50%입니다. 그에 대한 대비를 확실하게 해둬야만 역대 최고라 불리는 슈퍼 신인을 우리 구단에서 영입할 수 있습니다."

눈 하나 깜짝하지 않고 차지혁이 국내 드래프트 시장에 등록할 확률이 50%라고 말을 하는 김태열 팀장의 모습에 유정학 단장은 헛웃음이 나왔다.

"그런 예측을 하는 이유가 무엇입니까?"

"이번 봉황기에서 최우수선수상을 수상하며 차지혁 선수가 했던 인터뷰가 바로 그걸 말해주고 있습니다."

"인터뷰라니요?"

유정학 단장은 분명 자신도 본 것 같은데, 그 내용이 딱히 떠오르지 않았다.

별다를 것 없었던 걸로 기억한다.

앞으로 좋은 선수가 되겠다는 다짐 정도? 많은 선수들이 보편적으로 하는 인터뷰 내용이었기에 기억에 남아 있질 않았다.

"프로 선수로서 얻을 수 있는 최고의 커리어를 완성하겠다는 인터뷰 내용이 있었습니다."

"그런 다짐이야 누구나 할 수 있는 거고, 또 하는 말들 아닙니까? 그런 말로 무슨……."

"차지혁 선수가 한 말의 의미는 아마도 국내 성적을 염두에 둔 것이 아닌가 하고 생각하고 있습니다."

"그게 무슨 말입니까?"

"프로 선수라면 누구나 세계 최대 리그인 메이저리그에 입성하는 걸 꿈으로 여깁니다. 차지혁 선수라면 무난하게 메이저리그의 마운드에 설 수 있습니다. 스카우트 보고서에 언급되어 있는 BA 평가는 과소평가되어 있지만, 지금의 실력에 꾸준한 성장과 경험이 쌓이면 얼마든지 사이영상도 노려볼 수 있는 스펙을 지니고 있다고 전 확신합니다. 하지만 이제 고교를 졸업한 차지혁 선수가 1, 2년 안에 메이저리그에서 두각을 나타내기란 쉽지 않은 일입니다. 무엇보다 구단에서 차지혁 선수를 바로 메이저로 올릴 가능성은 희박합니다. 40인 로스터제라 하더라도 초특급 유망주인 차지혁 선수에게 성장이 아닌 경험부터 준다는 건 있을 수 없는 일입니다. 아무리 빨리 메이저에 올라온다 하더라도 1년은 마이너 생활을 해야 할 테고, 그 이후에도 선수 보호를 위해 이닝 제한이나 투구수 제한을 걸어 둘 테니 여러모로 차지혁 선수가 바라는 바가 아닐 겁니다. 아마도 차지혁 선수라면 1, 2년 정도는 국내에서 성장과 경험을 동시에 노릴 겁니다. 더불어 앞서 말한 최고의 커리어 하나를 획득하려고 할 겁니다."

김태열 팀장의 말에 유정학 단장은 너무 소설을 쓰는 것 아닌가 하고 고개를 갸웃거렸다.

무엇보다 신경을 거슬리게 하는 게 있었다.

"국내 무대를 너무 얕잡아 보는 것 아닙니까? 아무리 고교 최고의 투수라 하더라도 프로의 세계는 다릅니다. 더욱이 국내 프로의 수준도 월등하게 향상된 걸 잘 아는 김 팀장의 입에서 차지혁 선수가 1, 2년 안에 국내 최고의 투수가 될 거라 말하다니… 좀 과장이 심하다 생각하지 않습니까?"

"그렇기 때문에 차지혁 선수로서는 국내 무대를 더 선호하게 될 거라고 생각합니다. 어차피 마이너에서 아무리 잘 던져 봐야 자신의 선수 커리어에는 도움이 될 것이 하나도 없지 않습니까? 그렇다고 트리플A 수준이 국내보다 낮다고 여길 수도 없지 않습니까? 단장님이라면 아무것도 획득할 것 없는 트리플A와 수준이 떨어진다 하더라도 어디서든 자랑할 수 있는 국내 중 어느 쪽을 선택하시겠습니까?"

유정학 단장은 아무런 말도 할 수 없었다.

미국인이 알아주지 않아도, 세계인들이 알아주지 않아도 상관없다.

더욱이 국내를 평정하고 메이저로 가서 사이영상을 타면 차지혁의 가치는 더욱 높아지고, 누구나 인정하는 화려한 커리어가 완성된다.

트리플A에서 백날 잘해봐야 마이너리그일 뿐이다.

수준이 떨어져도 프로인 국내가 훨씬 메리트가 있었다.

하지만 이 모든 것들의 선결 조건은 차지혁이 국내 무대에서 압도적인 피칭을 해야만 한다는 사실이다.

만약, 차지혁이 국내 무대에서 고교 시절만큼의 실력을 발휘하지 못한다면?

국내 무대를 선택한 것이야말로 최악의 수가 될 것이다.

최소 3천만 달러라는 계약 총액을 포기하고 도전을 선택한다?

어느 누구도 쉽게 할 수 없는 선택이다.

"결정적으로 현재 차지혁 선수의 멘토가 누구인가에 주목할 필요가 있습니다."

"차지혁 선수의 멘토라면… 최상호."

더 이상 설명이 필요하냐는 김태열 팀장의 희미한 미소에 유정학 단장은 저도 모르게 마른침을 꿀꺽 삼켜야만 했다.

"단장님이 생각하는 차지혁 선수의 가치는 얼마입니까?"

『100마일』 2권에 계속…

# 즐거운 인생

미더라 장편 소설

FUSION FANTASTIC STORY

## A Bittersweet Life

삶의 의욕을 모두 잃은 주혁.
어느 날 녹이 슨 금속 상자를 얻는데……

"분명 어제도 3월 6일이었는데?"

동전을 넣고 당기면 나온 숫자만큼 하루가 반복된다!

포기했던 배우의 꿈을 향해 다시금 시작된 발돋움.
눈앞에 펼쳐진 새로운 미래.

## 과연 그는 목표를 이루고
## 인생을 바꿀 수 있을 것인가!

Book Publishing CHUNGEORAM

유행이 아닌 자유추구 -
WWW.chungeoram.com